文春文庫

レフトハンド・ブラザーフッド
上

知念実希人

文藝春秋

レフトハンド・ブラザーフッド　上　目次

レフトハンド・ブラザーフッド　上

第一章　左手の君と

1

剃刀《かみそり》のように細いロードレーサーのタイヤが水飛沫《しぶき》を上げていく。痛みを覚えるほど強く叩きつけてくる雨粒に体温を奪われ、夏だというのに震えるほど寒かった。

風間《かざま》岳士《たけし》はサドルから尻を浮かすと、感覚がなくなりつつある太腿に力を込めてペダルを踏み込んだ。一瞬、ハンドルを取られそうになるが、歯を食いしばって耐える。

『もう限界だって。何時間走っていると思っているんだよ』

海斗《かいと》の声が聞こえてくる。しかし、岳士は無言でペダルをこぎ続けた。

工場地帯の幹線道路は、まばらに設置された街灯に薄く照らされている。日が落ちて数時間は経つ。日の出前に実家を出てからずっと、ほとんど休憩を取ることもなく、ロードレーサーを走らせていた。

『無視するなよ。それとも、僕の声が聞こえないの？　なら、素晴らしいことなんだけどね』

「……聞こえてる」岳士は荒い息の隙間をぬって答える。

『ああ、聞こえていたのか。そりゃあ残念。まあ、とりあえず一回足を止めなって』

海斗がおどけるように言うが、岳士は足を緩めるどころか、右手の指先でシフトレバーを押し込んでギアを入れ替え、さらに加速した。

『……なにムキになっているんだよ。いくらお前でも、このままだとぶっ倒れるぞ』

海斗の言う通りだった。フレームに取り付けてある水筒は、一時間以上前に空になっている。全身ずぶ濡れなのに、口はからからに乾いていた。全身の筋肉が軋《きし》み、悲鳴を上げている。

耐えがたいほどの苦痛。しかし、解放感をおぼえていた。

数十メートル先に巨大な橋が見えた。橋の下には幅の広い川が流れている。

『多摩川《たまがわ》だね。あの橋を越えたら東京だ。本当に一日で着くとはね』

海斗が呆れ声でつぶやく。

東京、とうとう東京に着いた。鉛のようになっている足が、わずかに軽くなった気がした。スピードを落とすことなく、ロードレーサーは橋に差し掛かる。

『もういいだろ。今日はここまでだ。橋を越えたところで自転車を止めろ』

「いや、まだだ……。もっと都心まで……」

『都心まであとどれだけあると思っているんだよ。下手すりゃ、命にかかわるぞ』

「うるさい……、黙ってろ……」

『黙ってられるか！　お前だけの問題じゃないんだ』

岳士は大きく舌打ちをすると、海斗を無視してペダルを踏み込む。そのとき、唐突に海斗がブレーキを握り込んだ。急減速した車体がバランスを失い、細いタイヤが濡れたアスファルトを横滑りする。目を見開いた岳士の脳裏に、三ヶ月前の事故がフラッシュバックした瞬間、ロードレーサーごと体が道路に叩きつけられる。右肩に強い衝撃が走った。

痛みに耐えつつ必死に酸素をむさぼる。呼吸が落ち着いてくると、岳士は大きく息を吸った。

「なんてことするんだ！」

『どうしても止まらないなら、無理やり止めるしかないだろ』

「ふざけるな。あんな速度で急ブレーキかけやがって！　大怪我したらどうするんだ！」

『大怪我？　リングで思い切り殴り合っても大した怪我もしないお前が、自転車で転んだぐらいで？　それより、あのまま走っていた方が、はるかに危険だったよ』

正論をぶつけられ、岳士は唇を噛む。

いつもそうだ。この口が達者な兄と議論しても、いいように言いくるめられてしまう。

立ち上がった岳士は、緩慢な動きでロードレーサーを引き起こした。サドルに跨《また》ろうとしたとき、海斗がまたブレーキを握り込んでいることに気づく。

「海斗……、お前、なんのつもりだよ」

『さっきから言っているだろ。これ以上走るのはもう無理だって』

「うるさい！　俺は東京に行くんだ！」

『橋の真ん中は過ぎた。ここは東京だよ。今日はもう休みなって』

「いやだね。今日中に都心に出る。さっさとブレーキを放せ」

『なんで、都心にこだわるんだよ？』

岳士は口を真一文字に結んだまま、答えなかった。

『本当は自分を痛めつけたいだけなんだろ。その間だけ、現実を忘れられるからさ』

「お前に何が分かるっていうんだ！」

『分かるさ。僕はお前なんだから』

「違う！　お前は海斗だ。俺じゃない」

『ああ、たしかに僕は海斗だ。けれど同時に、お前でもある』

「黙れ！」岳士は腹の底から声を張り上げる。

『黙った方がいいのは、お前じゃないかな。ほら、歩道を見てみろよ』

海斗に促され、岳士は脇の歩道に視線を向ける。傘を差したサラリーマンが、気味悪そうに視線を向けてきていた。岳士は慌てて目を伏せる。

『ここで押し問答していたら、「一人で叫んでいる怪しい男がいる」って通報されるぞ。そうなったら困るだろ。せっかく逃げてきたのにさ』

「……なら、ブレーキを放せよ。そうすれば、でかい声を出さなくて済む」

『放さないよ。お前と違って、僕は治療を受けることに絶対反対っていうわけじゃないんだ。これ以上、無理をするぐらいなら、この場で補導されて連れ戻された方がいい』

海斗の口調に強い決意を感じ、岳士はハンドルを握る右手に力を込めた。

「……分かった。休むよ。……休めばいいんだろ」

たっぷり一分は黙り込んだあと、岳士は力なくつぶやいた。海斗に、いまもブレーキを握り締めている自分の左手に向かって。

『エイリアンハンドシンドローム』

SF映画のタイトルのようなその疾患だと岳士が診断されたのは、三ヶ月前だった。陰鬱《いんうつ》な雰囲気の中年主治医の説明によると、脳障害や神経疾患が引き金となり、片腕が自分の意思とは関係なく動く病気だということだった。腕の行動は様々で、物を摑《つか》んだり、字を書いたり、時には自らの顔を殴りつけることまであるらしい。その姿が、まるで片腕が『何か』に寄生され、乗っ取られたかのように見えることより、『エイリアンハンドシンドローム』または『他人の手症候群』と呼ばれるという。

それ自体極めて珍しい疾患らしいが、岳士の症状には一般的なエイリアンハンドシンドローム患者とは明らかに異なる点があった。左手から声が聞こえだしたのだ。

海斗の声が。

はじめて左手が勝手に動き出し、海斗の声を聞いたとき、岳士は混乱することなくすぐに理解した。自らの左手に兄の魂が宿ったのだと。

海斗の声は他人には聞こえない。しかし、岳士にははっきりと、その声を聞き取ることができていた。

「おそらく、エイリアンハンドシンドロームに解離性障害による幻聴が重なったものと思われます。事故の際に頭に負った外傷と、極度のストレスが原因でしょう」

そう告げた主治医を、岳士は内心、鼻で笑った。この医者はなにも分かっていない。自分の理解が及ばない出来事に、無理やり説明をつけているだけなのだと。

記憶を反芻《はんすう》しながら、岳士は大粒の雨が落ちてくる漆黒の空を見上げる。

『手が止まっているぞ。何やっているんだよ』

橋の下で物思いに耽《ふけ》っていた岳士は、海斗に声をかけられ我に返る。

「あ、ああ、悪い」

革製のグローブを嵌《は》めた左手に視線を落とした。物を摑みやすいように手指の第二関節から先が露出しているこのグローブは、あの事故のあと、外出する際は常に左手に嵌めていた。

岳士はロードレーサーに取り付けたバッグから、簡易テントを取り出しはじめる。

十数分前、海斗の説得を受け入れた岳士は、雨を凌《しの》ぐためにロードレーサーとともに橋の下に移動した。タオルで体を拭いて濡れている服を着替え、スポーツドリンクとビスケットで栄養を補給すると、簡易テントを設置しはじめた。

プラスチック製の骨組みを組み立てていく。海斗が左手の『権利』を渡してくれているので、スムーズに作業することができた。

普段の状態では、左手首より先が『海斗の支配領域』だった。そこより末端は普段は岳士には動かすことはできず、感覚もない。しかし、いまのように両手での作業が必要な際には、海斗が『権利』を放棄することにより、両手を自由に使うことができた。ロードレーサーを走らせているときも、ハンドル操作のために、海斗は左手の『権利』を放棄していた。

しかし、海斗はその気になれば瞬時に左手を支配下に取り戻すことができる。ついさっき、岳士の意思に反してブレーキをかけたときのように。またその気になれば数秒間、岳士の許可がなくても左腕全体を勝手に動かすことができた。

「よしっ」岳士がテントを組み上げると同時に、左手首から先の感覚が消え去る。

『じゃあ、必要なものだけ中に入れて、さっさと休みなよ。体がボロボロなんだからな』

「言われなくても分かってる」

そう答えたとき背後から足音が聞こえてきた。振り返ると、十メートルほど離《はな》れた所から老人がこちらを睨《にら》んでいた。脂《あぶら》の浮かぶ髪は肩まで伸び、顔は長いひげに覆《おお》われている。

「お前、誰なんだよ！」唐突に男はだみ声で叫んだ。

「誰って……」

戸惑う岳士に、男は大股で近づいてくる。すえた臭いが鼻をかすめた。

「この橋の下は俺の家だ。勝手に入って来るんじゃねえ」

『ここに住んでいるホームレスみたいだね。ほら、奥に家がある』

海斗がつぶやく。見ると、三十メートルほど離れた雑草の奥に、段ボールハウスがあった。

「いや、ここは別に誰のものでもないでしょ」

岳士の反論に、ひげに覆われた男の顔がうごめいた。

「俺はここにずっと住んでるんだ。泊まりたいなら金を払え。さもなきゃ、ぶっ飛ばすぞ！」

男は右手を振り上げて威嚇《いかく》する。

めんどくせえなあ。岳士が顔をしかめると、海斗の声が聞こえてきた。

『立ってファイティングポーズを取れ』

「おいおい、こんなおっさんに大げさだろ」

『いいからさっさと立ちなって。うまくやるから任せなよ』

「任せなって……」岳士が眉根を寄せると、男がさらに一歩近づいて来た。

「なにぶつぶつ言ってるんだよ！　無視すんじゃねえ！」

男が唾を吐く。放物線を描いた粘着質な液体が左手のグローブにかかった。

「てめえ！」

岳士は勢いよく立ち上がり、男を睨みつける。身長百八十センチ、体重七十八キロの堂々たる体軀《たいく》を前にして、男は「や、やる気か⁉」と、恐怖の表情で後ずさった。

「やる気だよ！」

グローブに付いた唾をズボンで拭きながら、男に向かって右手を伸ばしたとき、『ファイティングポーズだ！』と、海斗の鋭い声が響いた。男の胸倉を摑みかけていた右手が止まる。

「そこまでする必要なんてないだろ」

『いいから僕に任せておけってば。いつもそれで上手くいっていただろ』

「……分かったよ」

岳士はゆっくりと右手を引くと、両足を肩幅程度に開きつつ半身になりながら、両手を顔の前まで上げる。数ヶ月ぶりのファイティングポーズに、体温がわずかに高くなる。

『肩甲骨までもらうよ』

岳士は小さく頷く。肘、二の腕、肩、じわじわと『海斗の領域』が広がっていく。やがて、左の肩甲骨から先の感覚が完全に消え去った。これが海斗の支配できる最大領域だった。岳士の許可がなければ数秒しか左肩から先は動かせないが、岳士が自らの意思で『権利』を譲れば、海斗はいくらでも勝手に左腕全体を支配下に置くことができる。

「で、これからどうするんだ？」

『まあ、黙って見ときなって』

海斗は左拳《こぶし》を握り込む。オーソドックススタイルで構えているため、左腕の方が男に近い。自分に向けられた左拳を見て、恐怖でか、それとも怒りでか男の顔が紅潮《こうちょう》してきた。

「てめえ、いい加減に……」

男が怒鳴りながら一歩踏み込んできた瞬間、左のジャブが空気を切り裂く。鼻先にパンチを寸止めされた男は「ひっ」と悲鳴を上げた。一拍おいて、固く握られていた左拳が上を向き、ゆっくり開いていく。指の間から、掌《てのひら》の上に置かれた五百円硬貨が現れた。

岳士は横目でリュックを見る。いつの間にか財布がはみ出ていた。気づかないうちに海斗が五百円硬貨を抜き出し、握り込んでいたんだろう。

不思議そうにまばたきをしたあと、男は歪《ゆが》んだ笑みを浮かべ、奪うように五百円硬貨を取って段ボールハウスへと戻っていく。肩甲骨から左手首までの感覚が戻ってきた。

『な、丸く収まっただろ』得意げに海斗が言った。

「金なんて払わなくても、あんな男、追い払えただろ」

『一発殴ってかい？　ボクシングのインターハイで、ミドル級三位のお前が？　大怪我させて、傷害罪で捕まるぞ』

「殴るつもりなんてなかった。ただ、少し脅すだけでよかったって言っているんだよ」

『五百円でトラブルを防げるなら、安いもんだろ』

岳士は唇を固く結ぶ。昔からいつもそうだ。海斗は冷静で、その判断は正しい。

そう分かっていたはずなのに、俺はあのとき……。

臓腑《ぞうふ》を腐らせるような後悔に苛《さいな》まれつつしゃがみこむと、岳士はテントの中に潜《もぐ》り込んだ。

川の流れる音と暗闇が満ちる空間で、岳士はうっすらと見えるテントの天井を眺める。限界を超えて酷使した足が熱をもち、ずきずきと痛む。体の芯まで染み込んだ疲労で全身がだるい。しかし、神経が高ぶっているせいか眠れなかった。

目を閉じると、この数日間の出来事が走馬灯のように瞼《まぶた》の裏に蘇《よみがえ》ってくる。

『眠れないのか？』

「……ああ」

『眠らないと体力が回復しないぞ。明日は都心まで行くんだろ』

「分かってるけど、眠れないんだよ。お前こそ眠らないのか」

『僕はお前の一部だからね。お前が眠ったとき、僕も眠るんだよ』

「……お前はお前だ。俺の一部なんかじゃない」

弱々しくつぶやく。海斗は返事をしなかった。重い沈黙がテント内に降りる。

『……で、東京で何をするつもりなんだい？』

海斗が話題を逸《そ》らしたことに安堵しつつ、岳士は「何をって？」と質問を返した。

『まさか、なんの目的もなく東京に行くって言い出したのか？　都会に行けば何か変わるかもしれないとでも？』

「べつにそんなこと思っていない。いくらなんでもそれじゃあ、田舎者丸出しだろ』

『なんで家にはいられないんだよ？』

あえず東京に向かったんだよ。人が多い方が……隠れやすい」

「当然だ！　あのままだと、強制的に精神科病院に入院させられたんだぞ！」

『仕方がないだろ。お前が主治医を殴ったんだからさ』

岳士は言葉に詰まる。その隙を逃さず、海斗はたたみかけてきた。

『あれはやりすぎだ。たしかに厭味《いやみ》ったらしい男だし、挑発的な言動も多かったけど、手を出したら負けなんだよ。目の前で息子が医者を殴ったからこそ、父さんと母さんもショックで入院に同意したんだ。あれさえなければ、無理やり治療なんてされなかったはずさ』

海斗の口調に責めるような響きはなかった。それが逆につらかった。

「けれどあの医者は、お前は存在しないって……、俺の幻覚だって……」

『きっと、それが正しいんだよ。僕は……お前の脳が作り出した幻だ』

「違う！　そんなはずない！　お前は海斗だ！」

岳士は勢いよく上半身を起こすと、左手を顔の前に持ってくる。海斗と見つめ合っている気がした。海斗は小さく笑い声をあげる。

『僕の魂がお前の左手に宿ったっていうのか？　オカルトの世界だね』

「オカルトだろうが何だろうが、俺には分かる。お前は海斗だ。その証拠に、お前は俺が知らないことも知っているだろ。俺の脳が作り出した幻なら、そんなことできないはずだ」

『そうとも限らないんじゃない？　人間の脳っていうのは、大量の情報を蓄えることができるけれど、その一部しか引き出せないらしいよ。僕はお前と違う部分の脳を使って思考して、脳の奥に眠っているお前には引き出せない情報にアクセスできているだけかもしれない』

「けれど、お前には昔の記憶もあるんだろ。俺が知らないはずの海斗の記憶も」

『うん。けれどそれは、「海斗」っていう人格を作り出すために、お前の記憶をベースにして創り出した偽の記憶なのかも』

「小難しいことはどうでもいいんだよ！　お前は海斗だ！　絶対に海斗なんだよ！」

『……ああ、そうだね』

海斗は少し困ったような、それでいてどこか嬉しそうな口調で答えた。岳士は再び横になる。

「あの医者にお前を消させたりはしない。絶対に……」

つぶやきが、テント内の暗闇に溶けていく。岳士の脳裏に、昨日の記憶が蘇ってきた。

両親とともに定期の外来診察に行くと、主治医は足を組みながら言った。

「入院をしなさい。投薬でお兄さんの幻覚を消してあげるから」

海斗は幻覚なんかじゃない、間違いなく俺の左手にいる。岳士が怒りを押し殺しながらそう主張すると、主治医は小馬鹿にするように鼻を鳴らした。

「まだそんな馬鹿なことを言っているのかい。治れば間違いだったたって気づくよ。お兄さんはもういないんだってね。君を悩ませているその偽者のお兄さんを、さっさと消し去ろう」

その言葉を聞いた瞬間、目の前が真っ赤になった。我に返った時には、固めた拳を目の前の男の横っ面にめり込ませていた。椅子ごと主治医が倒れ、両親が大声を上げた。

その後、診察室になだれ込んできた男性看護師たちに取り押さえられた岳士は、診察室から連れ出され、別室で待機することになった。三十分ほど経過し、緊張に耐えきれなくなりはじめた頃、こわばった表情の両親が部屋にやって来て、暗い声で告げた。

明日から入院して、治療を受けろと。

「自分で大人しく入院するか、強制的に病院に閉じ込められるか、お前次第だ」

父親が低い声で告げ、母親が視線を逸らしているのを見て、岳士は理解した。

自分にとって、味方は海斗しかいないのだと。

一度家に帰り、入院に必要な準備を整えたあと、今日の午後に入院する予定だった。だから、深夜に自宅を抜け出し、東京に向けロードレーサーを一心不乱に走らせたのだ。

自らを取り巻く現実から逃げるために。

『まあ、幻覚かどうかは置いといて、僕が消えた方がお前のためにはなるんじゃないかい』

「おい、なに馬鹿なこと言っているんだよ！」

『冷静に考えてみなよ。いまお前が「普通じゃない」とされているのは、僕に左手を乗っ取られて、さらに声が聞こえるからだ。僕さえ消えれば、お前は元通り、普通の高校生に戻れる』

「お前は……、それでいいのか？　怖くないのか、……消えることが？」

『……怖くないって言ったら嘘になるな。自分の存在が消えるのは、やっぱり恐怖だよ』

岳士が「なら……」と言いかけると、左の掌が目の前にかざされて言葉を遮《さえぎ》った。

『でも、僕は消えるべきなんだと思う。なぁに、ただあるべき形に戻るだけさ。僕がお前の脳の一部が生み出した幻覚なら、お前の一部に戻るだけだし、もし本当に僕の魂がここにあるとしたら、魂が本来向かうべき場所に行くだけだ。だから、あの医者の言う通り、薬を飲んで僕が消えるなら、それが一番いい方法なのかも……』

「ダメだ！」岳士の声がテントの中にこだました。

『な、なんだよ、急に大声出して。驚いただろ』

「お前を消させたりしない。お前はずっと俺の左手にいるんだ。俺たちが死ぬまでな」

左の掌を凝視しながらまくし立てると、岳士は荒い息をついた。数秒の沈黙ののち、海斗がふっと笑ったような気配があった。

『分かったよ。それじゃあ悪いけど、当分は左手に居候させてもらうよ』

「ああ、好きなだけいろよ」

岳士は唇の端を上げ、瞼を落とした。いつの間にか、眠気に襲われていた。

『まあ、もし僕のことが邪魔になったときは、さっさと切り捨てるんだぞ』

「あの医者の薬を飲めってか？　嫌だね、あいつは信用できない」

『薬じゃあ、本当に僕が消えるか分からないだろ。もっと確実な方法がある』

「確実な方法？」朦朧《もうろう》としつつ、岳士は聞き返す。

『ああ、いざとなったら左手を切り落とせばいいんだ。そうすれば、間違いなく僕は消えるさ』

「物騒なこと言うなよ、馬鹿……」

岳士の意識はゆっくりと闇の中に溶けていった。


熱い……。岳士は立ち尽くす。いつの間にか燃え盛る炎に囲まれていた。

ふと左手に何かが触れる。見ると、誰かと手を固く握り合っていた。ゆっくり視線を上げていくと、目の前の人物と目が合った。口から小さな悲鳴が漏れる。そこには、自分と同じ顔をした男が炎を背に立っていた。

「海斗……か？」

岳士は震える声でつぶやく。しかし、返事はなかった。代わりに、男は岳士の手を強く握ったまま、後ずさりをはじめる。体が引っ張られていく。

「やめろ！　何するんだ！」

岳士は叫びながら重心を落とす。しかし、男の力は強く、体がじりじりと引かれていった。やがて、男の背中が炎の壁に触れる。シャツに火が移るが男は気にすることなく後退していく。

「やめろ！　やめてくれ！」

男を火の海から引きずり出そうと、腕に力を込める。しかし、逆に体は引かれていった。

男はもはや完全に炎の中に入り込んでいる。やがて、男に引かれている左手が炎の壁と接触した。皮膚が焼け、肉が炙《あぶ》られる激痛に絶叫を上げたとき、炎の中の男と視線が合った。鏡を見ているような感覚。

突然、男は摑んでいた左手を離した。反射的に手を引いた岳士は顔を上げる。男の顔にどこか哀し気な笑みが浮かぶと同時に、その姿が炎の中に溶け去った。

崩れ落ちた岳士は、天を仰ぐと、獣の咆哮《ほうこう》のような叫び声を上げる。焼け爛《ただ》れた左手に走っていた激痛は、いつの間にか消え去っていた。

『岳士……、岳士……』

遠くから名を呼ぶ声が、かすかに聞こえてくる。

「うわあああーっ」

岳士は跳ね起きると、荒い息をつきながら周囲を見回した。しかし、何も見えなかった。

どこだ？　ここはどこなんだ？　岳士はせわしなく右腕を動かして、闇の中を探る。

『落ち着けって。テントの中だ。家出したのを忘れたのかい』

海斗の声に、岳士は右腕の動きを止める。状況がゆっくりと飲み込めてくる。

「ああ、……橋の下でテントを張ったんだっけ」

『思い出してくれて嬉しいよ。また変な夢でも見たのか？』

岳士は小さく頷《うなず》いた。

『最近、よく悪夢にうなされてるよね。どんな夢を見てるんだよ』

岳士は一瞬迷ったあと、「ゾンビに追いかけられる夢だよ」とお茶を濁《にご》した。

『そりゃあ、夢見も悪くなるね。ホラー映画の見すぎなんじゃないか』

海斗の呆れ声を聞きながら、岳士は手探りで枕元に置いた腕時計を見つけた。愛用のG-SHOCKの側面にあるボタンを押すと、バックライトが光り、文字盤が浮かび上がる。針は午前四時過ぎをさしていた。眠ったのが午前二時頃だったはずだから、二時間ほどしか経っていない。どうりで頭が重いはずだ。全身の疲労感も全く消えていない。

「こんなすぐ目が覚めるなんて、やっぱり神経がたかぶっているんだな」

『ああ、違う違う。僕が起こしたんだよ。何度も声をかけてね』

目を覚ます寸前、夢の中で名前を呼ばれた気がした。あれは、海斗の声だったのか。

「なんで起こしたんだよ。しっかり寝て、体を休めろって言ったのはお前だろ。そもそも俺が寝ている間、お前に意識ってあるのか？」

『お前が寝ているときは、基本的には僕も寝ているんだけど、大きな音とかすると、まれに僕だけ目が覚めることもあるんだよ。僕は繊細だから』

「がさつで悪かったな」

『拗《す》ねるなって。で、さっき外からうめき声が聞こえてきたんだ。だから念のため、起こしておいた方がいいかなって』

「うめき声？」

『うん、川の音がうるさくてはっきりは聞こえなかったけど、男の声だったね』

「それって、いつの話だよ。あのホームレスがまた、因縁をつけに来たのか？」

『五分ぐらい前かな。たしかにホームレスの可能性もあるね。もっと金を寄越せって乗り込んでくるなら、その前にお前を起こしておいた方がいいだろ』

たしかにそうだ。岳士はわきに置いておいたジーンズを手探りで見つけ、横になったまま穿《は》くと、重い頭を振りながらテントの出入り口を小さく開けて外の様子を窺《うかが》った。

橋の上の街灯から注がれる薄い光で、何とか視野を保つことができる。

「おい、誰もいないぞ。寝ぼけたんじゃ……」

言葉が途切れる。二十メートルほど先、背の高い雑草の中に何かが倒れているのを見つけて。

「あれは……」

テントから這い出し、スニーカーを履《は》く。寝る前はあんなものはなかったはずだ。

膝丈まで伸びている雑草を踏みしめて進むたび、脳内で警告音が鳴り響く。

近づくな、近づくんじゃない。そう思うのだが、足が勝手に進んでしまう。

海斗の『おい、岳士……』という震え声を聞きながら、岳士はその物体から三メートルほどの距離まで近づいたところで足を止めた。少し離れたところには段ボールハウスがある。横目で視線を送るが、出かけているのかホームレスの姿はなかった。

岳士は視線を正面に戻す。雑草の中の物体がうっすらと網膜に映し出される。それは人間だった。スーツ姿の中年男が、横寝をするような体勢で倒れている。

「あの……、大丈夫ですか？」

岳士はおずおずと声をかける。しかし、男は微動だにしなかった。

酔っ払いだろうか？　岳士はからからに乾燥した口腔内を舐めると、さらに足を踏み出した。

『待てって！』

海斗の警告を無視した岳士は、しゃがんで右手を伸ばす。男の肩に触れた瞬間、ぬるりとした生暖かい感触が掌に走った。反射的に手を引っ込める。男の体が仰向けになった。

白いシャツの胸元に大きな染みが広がっていた。思考が真っ白に塗りつぶされる。岳士は自分が何をしているか分からないまま、男の顔に右手を伸ばす。

『馬鹿！　やめろ！』

海斗が怒鳴るが、手の動きは止まらなかった。右手が男の頬に触れる。細身で小柄な男だった。おそらく年齢は四十前後というところだろう。ネクタイはしておらず、着ているスーツにはしわが寄っている。

睨みつけるように虚空を見つめる双眸《そうぼう》には意思の光が灯っておらず、眼窩《がんか》にガラス玉が嵌まっているかのようだった。口は力なく半開きになっている。

「死ん……でる……？」

足元が崩れ去るような感覚に襲われる。その場で尻餅をついた岳士は、「うわ……わわ……」と声にならない悲鳴を上げながら後ずさると、血のついた掌をジーンズにこすりつける。

『落ち着け！　落ち着くんだ！』海斗の声が響き渡った。

「だって、死んで……。誰かに殺されて……」

『分かってる。だからこそ落ち着くんだ。まずは犯人が周りにいないか確認しろ』

殺人犯が近くにいるかもしれない。初めてその可能性に気づいた岳士は、慌てて周囲に視線を送る。見える範囲に人影はなかった。

『とりあえず、すぐに犯人に襲われることはなさそうだな』

「これから……、これからどうすればいいんだよ？」

『いまそれを考えているんだ。ちょっと待ってくれ』

「けれど、人が殺されているんだぞ。警察を呼ばないと……」

『馬鹿！　状況を考えろ！　警察に通報したらどうなると思っているんだよ！』

「どうなるって……」

『自分の体を見てみなよ』

岳士は「体？」と視線を落とす。掌とジーンズにべっとりと血が付いていた。頰が引きつる。

『気づいたかい。いま警察が来たら、お前は間違いなく第一容疑者だ』

「な、なんで俺が……。俺が殺すわけ……」

『僕が止めたのに、お前はあの男の体に触っただろ。あの男の顔には、お前の血の指紋がついている。さらに手と服は、被害者の血液まみれだ。疑われて当然だよ』

「正直に説明すれば分かってくれる！　俺にはその人を殺す理由なんてないんだから！」

『お前さ、なんでここにいるのか忘れたのか』

あきれを含んだ海斗のセリフに、岳士は「え？」と間の抜けた声をこぼした。

『左手に魂が宿ったって言って医者を殴り、強制的に精神科病院に入院させられるはずだったところを逃げ出した。客観的に見れば、お前は完全に危険人物なんだ。賭けてもいい。お前がやっていないって主張しても、警察は聞く耳を持たない』

「そ、そんな……。じゃあ、どうすればいいんだよ？」

『だから、それをいま考えているんだってば。少し黙っていてくれ！』

岳士は身を強張《こわば》らせて口を固く結ぶ。数十秒の沈黙のあと、海斗がぼそりと言った。

『……逃げるぞ』

「逃げるって、このままにしておくのか⁉」声が裏返った。

『まずは、男の頰に付いている指紋を消すんだ。そのあと、テントをしまって、お前がここにいた痕跡を可能な限り消す。幸いこの辺りには監視カメラはなさそうだ。死体が発見される前に十分な距離を取れれば、警察にお前の存在を気づかれずに済むかもしれない』

「で、でも、それで上手くいくのか？」

『少なくとも、死体のそばにいるところを警察に見つかるよりはいい』

本当にそれでいいのだろうか？　疑問をおぼえつつも岳士は頷き、這うようにして男に近づいていく。虚空を睨んでいる双眸と目が合い、冷たい汗が背中を伝う。そのとき、遠くから甲高い悲鳴が響いた。体を震わせて悲鳴が聞こえてきた方向に視線を向けると、土手の上に両手にゴミ袋を持った男が立っていた。数時間前に絡んできたホームレスの男。

「違うんだ！」

岳士は手を伸ばす。血塗《まみ》れの右手を。男は再び悲鳴を上げると、身を翻《ひるがえ》して走り出した。反射的に男を追おうとした瞬間、目の前に掌が現れた。

「なにするんだ？」視界を遮った左手、海斗に向かって岳士は怒鳴る。

『お前こそなにするつもりなんだ？』

「あの男を追うに決まってるだろ！」

『手と服に血がべったり付いている男が走り回ってみろ。間違いなく通報されるぞ。そもそも、あの男を捕まえてどうするんだ。犯人じゃないって説得するのか？　信じてくれるとでも？』

「じゃあ、どうしろっていうんだよ！」

『逃げるんだ。いますぐに！』

左手が動き、男の頰をこする。血の指紋がかすれて見えなくなる。

『テントを片付けて、さっさと逃げるぞ』

混乱しつつも、岳士はテントに向かって走る。迷ったときは海斗の判断に従う。幼いころからの条件反射が体を動かしていた。

テントからリュックとともに寝袋を引きずりだした岳士は、せわしなく畳もうとする。

『なにしてるんだ、川に捨てるんだ！』

「捨てろって、寝袋をか？　高かったんだぞ」

『このままだと、殺人犯にされるんだぞ。捨てて、さっさとここから離れるんだ！』

「あ、ああ……、悪い」

テントと寝袋を引きずって川岸に向かい、思い切り放る。それらは一瞬で流れにのみ込まれていった。テントがあった場所に戻った岳士は、リュックを背負い、ロードレーサーの車輪に取り付けていた盗難防止用のチェーンを外そうとする。しかし、手が震えて回転式の数字錠をうまく合わせられない。そのとき、遠くからかすかにパトカーのサイレン音が聞こえてきた。

『僕がやる』

左手が勝手に動き、器用に数字錠を回してチェーンを外した。ロードレーサーを押して堤防を駆け上がった岳士は、車道に出るとサドルに跨る。昨日の無理で、太腿の筋肉は岩のように硬く、両膝も熱をもっている。しかし、そんなことを気にしていられなかった。サドルから尻を浮かすと、痛みに耐えてペダルを踏み込む。早朝の国道を、ロードレーサーは進みはじめる。

右手の人差し指でシフトレバーを押し込むたび、ギアが上がって車体が加速し、ペダルは重くなっていった。車体が風を引き裂いていく。

岳士はさらにギアを上げようとする。人差し指に強い抵抗をおぼえ、ガチリという音が響いた。いつの間にか、普段はほとんど使用しない最速のギアにしていたらしい。サドルから尻を浮かしたうえ、車体を左右に振らなければ踏み込めないほどペダルは重くなり、心臓の鼓動が速くなっていく。両足が焼け付くように痛い。いくら呼吸をしても酸素が足りない。

『速すぎだ。ギアを落とせ。体がもたない』

海斗の忠告を岳士は黙殺する。いまも遠くから聞こえてくるサイレン音が精神を炙っていた。歯を食いしばると、ドロップ型のハンドルの下部を握り、体を思い切り前傾させた。空気抵抗が小さくなり、さらにスピードが上がる。ゴール前の競輪選手のように、車体を大きく左右に振りながら、岳士は進んでいく。

『馬鹿！　顔を上げろ』

怒号が響く。顔を上げた岳士は大きく目を見開いた。すぐ前に、信号待ちのトラックが停車していた。大きくハンドルを切ると、前輪が脇の歩道の縁石に勢いよく乗り上げ、車体が跳ねる。ぱんっという小気味いい音が辺りに響いた。

歩道に着地したロードレーサーは、後輪を大きく滑らせながら停止する。岳士が慌てて愛車から降りて確認すると、側面に大きな切れ込みが刻まれたタイヤが、力なく萎《しぼ》んでいた。

岳士は車体にくくりつけているバッグから、パンク修理キットを取り出そうとする。

『無駄だよ。中のチューブまで完全に裂けてる。タイヤを交換しないと走れない』

「そんなの分かってる！　けど、やるしかないだろ！」

『修理できたとしても、時間がかかりすぎる。警察はすぐに検問を敷いたうえ、怪しい奴がいないかこの辺りを調べまわるぞ。服と手に血がついてるお前は、すぐに逮捕だ』

「じゃあ、どうしろっていうんだよ！」

『自転車を置いていくんだ』

「走って逃げるのかよ？　すぐに追いつかれるに決まっているだろ」

『乗り物ならあるよ。後ろにね』

海斗がそう言った瞬間、背後から甲高い音が響いた。振り返ると、巨大なトラックが赤信号で停車していた。荷物を取りに行く途中なのか、荷台には何も積まれていない。

「まさか、あれに乗れっていうのか？」

『そうだ。すぐに荷台に乗り込むんだ』

「ロードレーサーはどうするんだよ。ハンドルに血がついているんだぞ。ここに置いていたら、防犯登録で俺のだってすぐに分かる。警察は俺が殺人犯だって思うはずだ」

『ここにいたら逮捕される。それよりはましだろ。早くしろ、信号が青になるぞ』

早口でまくしたてられた岳士は、ロードレーサーとトラックの間で視線を往復させる。

『これしかないんだ！　急げ！』

海斗に急かされた岳士は、唇を噛んで車道に飛び出すと、ドライバーに見つからないようにトラックの背後に回り込んでいく。

信号が青に変わった。エンジンが唸《うな》りをあげ、黒い排気ガスがマフラーから噴き出す。

『飛び乗れ！』海斗が叫ぶ。

走り出したトラックに、岳士は右手を伸ばして飛びついた。一瞬、指先が荷台の端に引っかかるが、体重を支えることはできず外れてしまう。

アスファルトに叩きつけられる。覚悟して目を閉じると同時に、左肩に衝撃が走った。体が浮きあがるような感覚。岳士は目を見張る。左手が、海斗がしっかりと荷台を摑んでいた。左手一本で走っているトラックの荷台にぶら下がっている。

『ぼけっとしていないで早く右手も使ってくれよ！　片腕じゃきつい』

切羽詰まった海斗の声に、慌てて右手で荷台を摑むと、必死に這い上がって倒れこむ。鉄製の床の冷たさが心地よかった。トラックは減速することなく走っていく。岳士は空の荷台で大の字になった。

「なあ……、海斗」空を見上げながら、岳士はつぶやく。

『なんだい？』

「これで俺たち、殺人犯として警察に追われることになったんだよな？」

『……ああ、そうだね』

夜明けの空に、橙《だいだい》に照らされた雲が浮いていた。

2

ここはどこなんだ？　閑静な住宅街で、岳士は落ち着きなく辺りを見回す。まだ早朝のため、付近に人通りは少なかった。

数分前、岳士を荷台に乗せたトラックはこの近くで赤信号につかまり、停車した。荷台に乗り込んでから一時間近く経ち、警察の捜査網から十分に距離を取ったと判断した岳士は、海斗と相談したうえ、荷台から降りた。

『そこに表示があるぞ』

海斗がすぐわきのブロック塀を指さす。そこには『渋谷区　松濤《しょうとう》二丁目』と記されていた。

「渋谷……」

頭の中に、テレビでよく見るスクランブル交差点の映像が浮かび上がる。

『渋谷がそんなに嬉しいかい？　やっぱり田舎者だな』

「渋谷なら人が多いだろ。警察に追われているんだ。人込みに紛れるべきじゃないのか」

『その通りかもね。それじゃあ、せっかくだし、スクランブル交差点の見物にでも行くか』

「……お前、俺の頭の中が読めるのか？」

岳士はすっと目を細めて、左手を見下ろす。海斗はおどけるように指をひらひらと動かした。

『そんなこと出来ないよ。何度も言っているだろ。僕とお前は完全に別人格だって』

「じゃあ、俺がなんでスクランブル交差点を見たがっているって……」

『長い付き合いだろ。お前が何を考えているかぐらいはすぐに分かるよ』

小馬鹿にされ、岳士は唇をへの字に曲げる。

『拗ねるなって。それより、渋谷駅はどっちだろうな？』

「スマホがあれば調べられたのに、ロードレーサーと一緒に置いてきちまったよ」

『おいおい、もし持ってきていても使えるわけがないだろ。電源を入れたと同時に、基地局から現在地を割り出されるぞ』

海斗の突っ込みに、岳士は言葉を詰まらせる。

『警察に追われていることを忘れるなよ。油断したら、すぐに逮捕されるぞ』

「……分かってる」

『それじゃあ、とりあえず移動しようか。ほら、あっちに向かえば渋谷駅、お前が行きたがっていたスクランブル交差点があるみたいだぞ』

すぐわきにあった「渋谷駅」と記された案内標識を指さし、海斗ははしゃいだ声を上げる。もしかしたら、こいつもスクランブル交差点が見たいんじゃないか？　血液が水銀に置き換わったかのように重い体に活を入れると、岳士は足を動かしはじめた。

五分ほど歩くと、広い通りに出た。左手にドン・キホーテの店舗を見ながら進んでいく。いつの間にか辺りは住宅地から商業地へと変化していた。早朝だというのに人通りも多い。

そのとき、数十メートル前方から制服警官が近づいてきていることに気づき、足が止まる。すぐ後ろを歩いていた若い男が、舌打ちをしながら追い抜いていった。岳士は慌てて自分の体を見下ろす。ジーンズに血の染みが付いていた。

『馬鹿、立ち止まるなって。そのまま進むんだ』海斗が鋭く言う。

「けれど、前から警官が……」

『分かってる。だからこそ歩くんだよ。道の真ん中で止まっていたら怪しまれるだろ』

岳士は再び足を動かしはじめる。警官との距離が詰まるにつれ、心拍数が上がっていく。

『安心しろ。ジーンズの色は濃いから、血液の染みだって気づかれない。はしゃぎすぎてワインをこぼした大学生とでも思ってくれるはずだ』

「けれど……、もし指名手配されていたら……」

『まだ一時間しか経っていないんだぞ。いくら警察が優秀だからって、そんなに早く動けるわけがない。それより、挙動不審で職務質問されたらお終いだ。いいから堂々としていろ』

海斗は諭《さと》すように言う。警官との距離はすでに十五メートルほどまで近づいていた。

震えが止まらない。振り返って全速力で逃げだしそうになったとき、右手を誰かが摑んだ。岳士は視線を落とす。自分の右手を左手が握っていた。握手をするかのように。

『大丈夫だ。僕がついている』

海斗の力強い声が響く。震えが止まった。

「……分かった」

岳士はあごを引くと、正面を向いて歩を進めていく。警官との距離が縮まる。首筋を搔いていた警官と目が合った。視線を逸らしそうになるのを必死に耐えると、岳士は微笑を浮かべる。警官はまばたきしたあと、興味なさげに視線を外し、脇を通過していった。

『ほらな、なんでもなかっただろ』

「なにが『なんでもなかった』だ。心臓が止まると思ったぞ」

『図体はでかいくせに蚤《のみ》の心臓だな。それより正面見てみなよ』

「正面……？」

視線を上げた岳士は息を吞む。二百メートルほど先に巨大な駅がそびえ立ち、その手前を多くの人々が複雑に行き来している。それはテレビの画面越しに見慣れた光景だった。

「スクランブル交差点……」

岳士は疲労も忘れ、小走りに人込みの中を進んでいった。交差点の手前までやって来て岳士は足を止める。右手には109が、左手にはセンター街の入り口が見えた。

スクランブル交差点の歩行者用信号が青に変わり、信号待ちをしていた人々が一斉に交差点内に進入した。岳士も誘われるように進んでいく。

あらゆる方向からやって来た人々が、交差点の中心で混ざり合う。早朝とは思えない人口密度に、興奮が血流に乗って全身の細胞に行き渡る。自分が殺人の容疑者として追われているという事実も、いつのまにか頭の中から消え去っていた。岳士は交差点のど真ん中で足を止める。周囲を行き交う人々が露骨に迷惑そうな目を向けてくるが、気にはならなかった。

とうとう東京にやって来た。ここで新しい人生がはじまる。

『浸っているところ悪いけどさ』海斗が声をかけてくる。『そろそろ信号が赤になるよ』

見ると、青信号が点滅していた。慌てて交差点を横断した岳士は、駅前の広場に置かれているハチ公像に近づいていく。見慣れた犬の銅像に近づき、その頭を撫でたあと、近くのベンチに腰掛けた。

『さて、満足したかい？　それじゃあ、そろそろ移動して作戦会議といこう』

「そんなに焦らなくてもいいだろ。もう少しここにいても……」

『お前さ、警察に追われていること忘れたのか？』

「忘れちゃいないよ。ただ、警察だってそんなにすぐに追ってくるわけじゃないだろ」

『あのなぁ、たしかにまだ指名手配はされていないだろうけど、いまごろ警察はあのホームレスに話を聞いて似顔絵を作ったり、置いて来た自転車を見つけたりしているはずだ。すぐに、お前が容疑者として浮上する。そして、その情報はきっとあそこにも送られる』

左手の人差し指が正面をさした方向を見て、頬が引きつる。二十メートルほど離れた位置に交番があった。中にいる警官の一人と目が合った気がして、岳士は顔を伏せる。

『だから、早いうちに身を隠せる場所を見つけるんだ』

「わ、分かった。でも、どこに行けば……」岳士はベンチから腰を浮かす。

『さっき、ここに来る途中にネットカフェがあった。とりあえずそこに行こう』

海斗に促された岳士は、再びスクランブル交差点を渡り、来た道を戻っていく。パチンコ屋が入った大きなビルの五階がネットカフェになっていた。ビルのエントランスに入り、エレベーターの前に来たところで、岳士は「あっ」と声を上げた。

「たしか東京って、ネットカフェに入るのに身分証明書が必要なんじゃなかったか？」

『大丈夫、考えがあるから。ところで岳士』海斗は右肩にかけたリュックを指さす。

『お前、軍資金はいくら持ってきた』

「いくらって、バイトで貯めた二十万ぐらいだけれど」

『それだけあるなら十分だな。いいか、作戦を教えるからよく聞けよ……』

海斗は話しはじめる。説明を聞くにつれ、岳士の表情は歪んでいった。

「本当にうまくいくのかよ」

『心配するなって。それよりほら、来るぞ』

海斗の合図と同時にエレベーターの扉が開き、中から若い男が出てきた。茶色く染めた頭髪に寝癖がついている。降りてきた男に、岳士は「あの……」と声をかける。

「え、誰？　なんか用？」茶髪の男は訝《いぶか》しげな口調で言う。

「いえ……、あの、もしかしていま、五階のネットカフェから出てきました？」

しどろもどろになりつつ、岳士はついさっき海斗に指示された通りのセリフを口にした。

「そうだけど、だったら何だっていうわけ？」

ぶっきらぼうに言う男の前に、岳士は手を差し出した。一万円札を握りしめた手を。

「これで、ネットカフェの会員証を譲ってもらえませんか？」

男は「はぁ？」と、一万円札を眺める。

「えっと……、つまりさ、俺の会員証を一万円で買いたいってこと？」

首を捻《ひね》る男に、岳士は「そうです」と頷く。

「なんで会員証が必要なんだよ？　なんかやばい話なんじゃないの？」

疑わしげにつぶやきながらも、男の視線は紙幣に吸い寄せられていた。

「俺、家出して東京に出てきたんです。ただ、身分証明書を持ってくるのを忘れちゃって……。一晩中歩いて疲れているんで、休める場所が欲しいんです」

「俺に迷惑は掛からないんだろうな？」男は逡巡《しゅんじゅん》の表情を浮かべつつ言った。

「もし他人だってばれたら、拾った会員証を使ったって説明します」

「……分かったよ」

男は岳士の手からひったくるように一万円札を取ると、それを財布にしまい、代わりに一枚のカードを差し出してくる。岳士がそれを受け取ると、男は逃げるように去っていった。

『な、上手くいっただろ』

得意げな海斗の声に肩をすくめた岳士は、エレベーターで五階へと上がる。

直前まで利用していた茶髪の男の会員証を提示して、怪しまれないだろうかと不安だったが、拍子抜けするほど簡単に受付をすますことができた。

岳士は指定された部屋へと向かう。簡素なつくりの扉の奥には、二畳ほどのスペースに合皮張りのマットレスを敷いた個室が広がっていた。座椅子と枕、そして壁から直接出ているローテーブルがあり、その上に古い型のデスクトップパソコンが備え付けられている。

靴を脱いで個室の中に入った岳士は、大きく息を吐く。隣の部屋との間を隔てる薄い壁は百五十センチほどの高さしかなく、十分なプライバシーが確保されているとは言えないが、それでも張り詰めていた緊張が解けていく。

靴下を脱ぎ、ベルトを緩めると、一気に疲労感が襲い掛かってきた。まだ一日ほどしか経っていないのに、自宅を出たのが遥か昔のことのように感じる。

　このあと、どうすればいいのだろう。脳裏に疑問がよぎるが、疲労で頭が回らなかった。岳士はマットレスの床に横になると、重い瞼を落とす。

『おい、岳士』

「少しだけ。少しだけでいいから休ませてくれ」

　眠りに落ちかけながらつぶやいた岳士の頭に、柔らかいものが触れる。薄眼を開けると、左手が枕を摑み、頭のそばに持ってきていた。

『枕を使った方がよく眠れるだろ』

「ああ、ありがとう」頭の下に枕を敷くと、岳士は再び目を閉じる。

『ゆっくり休め。いまは、全部忘れてさ』

　海斗の声が、やけに遠くから聞こえる気がした。

3

　闇の中から意識が浮き上がってくる。岳士はゆっくりと目を開けた。漂白された光に網膜を白く塗りつぶされて、「ううっ……」と唸り声を上げる。その瞬間、目の前に左手がかざされ、天井から降ってくる蛍光灯の光を遮った。

『おはよう、よく眠れたか？』

「何時間寝てた？　いまは何時だ？」

『二時少し前だな』腕時計をつけた左手首が目の前に現れる。

「昼の？　それとも夜の？」

『昼に決まっているだろ。こんな状況で半日以上寝ていたら、殴ってでも起こしているよ』

「そうか。……いま、どうなっているんだろうな」

『死体が発見されてから、かなり経ってるから、報道されているかもね』

海斗がパソコンの電源を入れた。岳士は右手でマウスを操作して、ニュースサイトを開くと、『国内』にカーソルを合わせて左ボタンをクリックする。国内ニュースの見出しを追っていた視線が、一点で止まる。

『多摩川で男性の刺殺体発見』

その見出しをクリックすると、リンク先の記事が画面に表示された。

『本日未明、多摩川の河川敷で男性の遺体が発見された。男性は腹部や胸部を十数回刺されており、警察は殺人事件として捜査本部を設置。男性の身元を調べるとともに、事件当時、現場から逃走した男が何らかの事情を知っているとみて行方を追っている』

岳士はまばたきすることも忘れ、画面を凝視し続ける。「現場から逃走した男」というのが自分を指していることは間違いなかった。警察が自分を追っている。覚悟はしていたが、こうして記事になると、途方もなく重い現実に潰されてしまいそうだった。

もし逮捕されたら、一生刑務所？　それとも……死刑？

喉から笛を吹くような音が漏れた。息苦しさをおぼえ必死に呼吸するが、苦しさは消えるどころか強くなっていく。やがて、右手が細かく震えだした。全身から力が抜けていく。

『落ち着きなって』

海斗が言うが、溺《おぼ》れているかのように喘《あえ》ぐ岳士には、返事をすることすらできなかった。

唐突に、左手の親指と人差し指が鼻をつまみ、掌が口を覆う。呼吸器を覆われた岳士はパニックになりながら左手首を右手で摑み、引き剝《は》がそうとする。

『大人しくしろ！　そうすれば苦しくなくなるから』

怒鳴られ、岳士は動きを止める。言われてみれば、わずかだが息苦しさが弱くなっていた。

『きっと、過呼吸って奴だ。パニックで過剰に呼吸をしたせいで、血中の二酸化炭素が足りなくなって苦しくなったり、体が震えたりするんだよ。分かったか？』

岳士は口と鼻を塞がれたまま、小さく頷く。

『それじゃあ、これから口と鼻を放すけど、ゆっくり呼吸するんだぞ』

口元を覆っていた左手が離れていく。岳士は言われた通り、深呼吸をくり返す。息苦しさはかなり弱くなっていた。胸の中で吹き荒れていた混乱も、いくらか凪《な》いできている。

『大丈夫かい？』

「ああ、……助かった」

喉の奥から声を絞り出すと、海斗は大げさにため息のような音を響かせた。

『簡単にパニックになるなよな。警察に追われることは最初から分かっていただろ』

「そりゃあ分かっていたけど、実際記事になったら、なんというか、現実味が……。それより、これからどうするんだよ。指名手配とかされて、テレビに俺の写真が出たりしたら……」

『おいおい、お前はまだ十八歳、未成年だぞ。顔写真どころか、名前だって発表されないよ』

岳士は「あっ」と声を上げる。そんな当然のことにも気づいていなかった。

『ただ、安心できる状況じゃないぞ』海斗がくぎを刺す。『たしかに十八歳は未成年だから名前も顔も発表されない。けれど、裁判になったら成人と同じように裁かれる可能性が高い。逮捕されて有罪になったら、かなりの期間刑務所暮らしになるはずだ。下手すれば、一生出てこれない可能性だってないわけじゃない』

恐ろしい将来像に、岳士は「じゃあ、どうすれば……」とかすれ声を出す。

『警察は、現場から逃げた男がお前だってすぐに突き止めるはずだ。もしかしたら、もうお前を探しはじめているかもな。一般には公開されなくても、警察内部ではお前は指名手配される』

「そんなこと分かっている。だからどうすればいいんだよ！」

『説明するから、興奮するなって。まず、逮捕されたら無実だって証明するのはかなり難しい。だから、警察に出頭するっていう選択肢はなしだ。次に、逃げ回っているうちに警察が真犯人を見つけてくれるって理想的なケースだけど、これもあまり期待できないね。きっと警察はお前が犯人だって決めつけて、お前の行方を追うことに躍起になっているだろうからな。以上のことから、殺人の容疑を晴らす方法は一つしかない』

「そんな方法があるのか？　どうやるんだ？」

『簡単だよ、真犯人を見つけるんだ。僕とお前でね』

「はぁ？」声が裏返る。「なに言っているんだよ。一人でそんなことできるわけないだろ！」

『一人じゃないだろ』左手が右肩を軽く叩いた。『僕もついている。それに、情報もあるしね』

「……情報ってなんだよ」

海斗の気障《きざ》なセリフに気恥ずかしさをおぼえた岳士は、ぶっきらぼうに言う。

『被害者の身元さ』

「被害者の身元？　どうやって分かるんだよ？」

岳士が目をしばたたかせると、海斗は脇に置いてあったリュックの側面についたポケットのジッパーを開き、中から何かを取り出した。岳士は目尻が裂けそうなほどに目を見開く。それは二つ折りの財布だった。べったりと血の染みが付いた、革製の財布。

のだろう。

叫んだ瞬間、隣の個室との間を仕切る壁がバンッと音を立てた。隣の客が壁を叩いた

「なんてことをするんだ！」

『ああ、被害者の財布だよ。逃げる直前にスーツの内ポケットを探ったんだ』

「もしかして……、それって……」

『どうしたんだよ、そんなに興奮して？』

「どうしたって、自分がなにをしたか分かっているのか？　警察はきっと、財布を盗むために人を殺したと思うぞ。強盗殺人だ。普通の殺人より、罪が重くなる」

岳士は声を押し殺しながら、左手を睨んだ。

『分かっていないのはお前だよ』

海斗は授業をする教師のような口調で言う。

『たしかに財布を持ってきたことによって、有罪になった場合の罪は重くなるかもしれない。けれどそれ以前に、逮捕された時点ですべてが終わりだ。たとえ十何年かあとに刑務所から出れたとして、殺人犯の汚名は一生消えないんだぞ。まともな人生なんて送れない。それを防ぐためには、警察につかまるより先に真犯人を見つけるしかない。そして、この中にある情報は、大きな武器になる。だからこそ、僕はあの男のポケットからこれを取り出したんだ』

あの一瞬でそこまで考えていたのか。その判断力に唖然《あぜん》としていると、海斗は財布を

開き、中から運転免許証を取り出す。そこに載っていた写真を見て、岳士の口元に力が入る。覇気《はき》のない表情で写っている人物は、間違いなく今朝、河川敷で命を落としていた男だった。

『早川壮介《はやかわそうすけ》か。さて、この男を殺した犯人を捜す気になったかな？　残念なことに、僕は一人じゃあ移動もできないんだ。お前が文字通り足を動かさない限り、僕は何もできないんだよ』

挑発的に言うと、海斗は免許証をテーブルに置き、左手を岳士の顔の前にかざした。息苦しさは消えていた。岳士は左手に勢いよく右手を重ねると、力いっぱい握った。

「分かった、俺たちで真犯人を見つけよう」

4

「……本気で行くのか」

街灯に照らされた人気のない道を、岳士は重い足取りで進んでいく。

『当たり前だろ。なんのためにここまで来たんだよ』海斗の呆れ声が返ってきた。

蒲田駅から歩いて十五分ほどの、寂れた住宅街。そこを歩く岳士の顔には黒縁の伊達《だて》メガネがかけられ、伸び気味だった髪も短くカットされていた。

数時間前、真犯人を見つけ、容疑を晴らすことを決心した岳士は、多摩川の川辺で殺されていた早川壮介という男についてネットで調べた。その結果、早川はフリーのジャーナリストで、様々な雑誌に記事を提供していたことが分かった。その多くは一流誌とは程遠いもので、記事も風俗、薬物、暴力団等のアングラ系の情報や、眉唾物の都市伝説などが中心だった。

一通りの情報を得た岳士は、海斗に促されて格安理容店で髪を切り、伊達メガネと新しい服を購入した。

『まあ、気休めかもしれないけど、ちょっとは変装しておかないとな』

理容店を出てすぐ、駅の洗面所の鏡で短く刈り込んだ髪を確認する岳士に、海斗は楽しげに言ったのだった。

「で、この後はどうすればいいんだよ？」

短い髪の感触に違和感をおぼえながら岳士が訊ねると、海斗はジーンズのポケットから早川の運転免許証を取り出し、言った。『この男についてもっと詳しく調べないとね』と。

「もうすぐ着くぞ。本当に大丈夫なんだろうな？」

ネットカフェでプリントアウトした地図を折りたたんだ岳士は、空のリュックサックに入れる。他の荷物は、渋谷駅のコインロッカーに預けてきていた。

『大丈夫だって。変装で雰囲気も変わっているしさ』

軽い声が返ってくる。しかし、胸に巣くう不安は、消えるどころか膨《ふく》らむ一方だった。

「……そこの十字路を右に曲がって、少し行ったところだ」

『それじゃあ打ち合わせ通り、まずは確認だ』

　岳士は「ああ」と頷くと、十字路の手前で足を止め、ブロック塀の陰から様子を窺う。二十メートルほど先に、二階建ての古びたアパートが建っていた。そここそが、早川の免許証に記されていた住所だった。

『ずいぶん汚いアパートだな。早川はあまり金に余裕がなかったみたいだね』

　岳士は周囲に視線を送る。警官らしき人物は見当たらなかった。

『警官はいないね。それじゃあ、予定通り行こう』

「なあ……、今日はやめにしないか」

『はぁ、なに言っているんだよ？』

　合皮製のライダーグローブに指先まで包まれた左手が、顔の前にかざされる。指紋を残さないように、伊達メガネと一緒に購入したものだった。

「いや、心の準備が……。忍び込むにしても、もっと遅い時間の方がいいんじゃないか」

　岳士は左手首の腕時計を見る。時刻は午後八時を少し回ったところだった。

『あのなあ、早川の遺体が発見されてから半日以上経ってるんだぞ。僕たちが財布を持ち去ったとはいっても、他の遺留品からもう身元が明らかになっているかもしれない。そうなれば、すぐに警察はあのアパートを捜索して、証拠品を全部回収していく。時間が経てば経つほど、僕たちが被害者の部屋を調べるチャンスは少なくなる』

それでも、岳士は動くことが出来なかった。すでに刑事たちが辺りに潜《ひそ》んでいるのかもしれない。そんな想像が頭の中で渦巻いていた。

小気味いい破裂音が鼓膜を揺らし、頬に鋭い痛みが走る。一瞬呆けたあと、岳士は「なにするんだ！」と、海斗を、自分の頬を張った左手を睨みつける。

『ぼーっとしていたから、活を入れたんだよ。ほら、これで動けるだろ』

海斗の言う通り、いつの間にか金縛りが解けていた。

『礼はいらないよ。それより、さっさと忍び込もう』

「……分かったよ」

小さく舌打ちした岳士は、警戒しながらブロック塀の陰から出て、アパートへと向かう。

『急ぐなよ。自然に歩いて、周りに人がいないことを確認しながら行くんだ』

岳士は「ああ……」と、小走りになりそうな足の動きを抑えつつ、目だけ動かして辺りを警戒していく。アパートの敷地に入ると、一階の外廊下を進み、奥から二番目の扉の前にやってきた。そこには『１０２　早川』と表札がかかっていた。岳士は緊張を嚙み殺しながら、前もって打ち合わせしていた通りにインターホンを鳴らす。同居人がいるかもしれない。もし誰かが出てきたら、部屋を間違ったふりをして立ち去る予定だった。しかし、数十秒待っても反応はない。

「誰もいないみたいだな」

つぶやきながら岳士はライダーグローブに包まれた右手をドアノブに伸ばす。

『開くわけないだろ。予定通り裏に回って窓ガラスを……』

ドアが軋みを上げながら開く。海斗は言葉を失い、岳士も口を半開きにする。まさか開くとは思っていなかった。なんとなしに手を伸ばしただけだった。

「鍵の……閉め忘れ？」

ドアの隙間から中を覗き込むが、室内は暗闇に満たされ、様子を窺うことはできない。

『田舎ならともかく、ここは東京だぞ。そんな不用心なことするわけないだろ』

「じゃあ、なんで鍵が開いているんだよ。もう警察が調べたあとってことか？」

『それなら、規制線ぐらい張ってありそうなもんじゃないか。見張りだって立っているだろうし……』

左手が見つめ合うかのように、岳士の顔の前にかざされる。そのとき、上方から扉が開く音、続いて金属製の廊下を歩く足音が聞こえてきた。二階の住人が外出しようとしている。

『部屋に入れ！』

海斗が鋭く言う。岳士は慌てて室内に入り、扉を閉めて鍵をかけた。手探りで見つけた壁のスイッチを押すと蛍光灯が灯り、ゴミ袋が無造作に置かれた廊下が照らし出された。

「……どうする？」岳士は左手を見下ろす。

『とりあえず……、部屋の中を調べよう』

岳士は「そうだな」と、靴を履いたまま慎重に室内に上がり込みキッチンの備え付けられた廊下を進む。流しには汚れた食器が溜まっていた。漂ってくる腐臭に顔をしかめつつ廊下の突き当たりまで進んだ岳士は、そこにある扉を開けた。

「なんだよ、……これ」

呆然と岳士はつぶやく。そこには嵐が通過したかのような惨状が広がっていた。シングルベッドは横倒しになり、タンスは全ての抽斗《ひきだし》が開けられ、衣服が掻き出されている。手前の壁一面を覆う巨大な本棚はほとんど空になっており、そこに収められていたであろう書物が床を覆い尽くしていた。よく見ると、ベッドのマットレスが切り裂かれ、内部が露出している。

『僕たちの前に、誰かが来たみたいだな』

「誰かって、誰だよ？」

『早川から財布を抜き取ったとき、他のポケットも探ったんだけど、なにもなかった』

「それが何だっていうんだ？」

『お前さ、外出するとき財布だけ持って出る？　スマホとかキーケースも持っていくだろ』

「それって……」

『そうだよ。たぶん早川を殺した犯人が盗《と》っていったんだ。そいつは倒れた早川のポケットを探って、スマホやキーケースを抜き取った。けど、焦っていたんで、スーツの内ポケットまでは気が回らず、犯行現場から逃げ出した』

「じゃあ、俺たちより先に犯人がこの部屋に？」

まだ犯人が室内にいるかもしれない。岳士はすばやく部屋中に視線を送る。しかし、ほとんど隠れる場所のない室内に、人の気配は無かった。

『その可能性が高いだろうね。だから鍵が開いていたんだ』

「ちょっと待ってくれ」岳士は額に手をやる。「なんで犯人はそんなことを？」

『何かを探していたんじゃないかな。危険を冒してまで家探ししたってことは、かなり重要なものだったはずだ。もしかしたら、犯人に繫《つな》がる手がかりかも』

「だとしても、もう犯人が持って行っているだろ。ここまで徹底的に荒らしたんだから」

『そうとは言い切れないよ。徹底的に荒らしているということは、なかなか目的の物が見つからなかったっていうことだ。諦めて、警察が来る前に出て行った可能性もある。とりあえず、突っ立ってないで体を動かしなって。長居はできないんだからさ』

「あ、ああ……」

あまりにも雑然とした部屋は、どこから手を付けていいか分からなかった。とりあえず、デスクへと近づいていく。本や資料らしき用紙の束が山積みになり、その周りに灰皿から零《こぼ》れた吸い殻が散らばっていた。ふと岳士は、本と用紙の山から薄い長方形の物体が飛び出していることに気づく。それはB5サイズのノートパソコンだった。

「これ、持っていった方がいいかな?」

『当たり前だろ。犯人に繋がるデータが残っているかもしれないんだから』

「けど、俺たちじゃあ、データを詳しく調べられるか分からないだろ。それより、ここに置いといた方がいいんじゃないか。警察が詳しく調べて、真犯人を見つけだしてくれるかも」

『ないね』海斗は一言で切り捨てる。『警察は間違いなく、お前を追っている。そのパソコンの中に真犯人に繋がるデータがあったとしても、お前を追う方に力を入れるはずだ。血まみれで被害者のそばに立っているところを目撃されたこと、忘れたのかい?』

「忘れてない。分かったよ、持っていけばいいんだろ」

舌を鳴らした岳士は、背負っていたリュックにノートパソコンをしまった。

次はどこを調べるべきだろうか。どう考えても部屋の隅々まで調べる余裕はない。いつ警察がこの部屋にやって来るかも分からないのだ。

海斗が『あそこ』と、左手で空の本棚の脇を指さす。そこで蛍光灯の光がわずかに反射した。床に散らばった本を踏んで本棚に近づいた岳士は、四つん這いになる。金属製の数字盤と半月状のノブがついた三十センチ四方ほどの扉が、床に埋め込まれていた。

「これって」岳士は右手でノブを掴み、回そうとする。しかし、びくともしなかった。

『隠し金庫だな。わざわざ工事して付けたのか。きっと犯人はこれを探していたんだ。

見なよ』

　海斗は金庫に向かい左手を伸ばし、コンクリートの床に触れる。よく見ると、金庫の四隅には無数の傷があった。

『たぶん、無理やり床から取り外そうとしたけど、諦めたんだ。コンクリートで完全に埋め込まれているから。取り外すには専門的な道具が必要だろうね』

「じゃあ、どうする？」

『急かすなよ。けっこう年季が入っているね。ほら、数字がかすれているよ』

「で、開きそうなのか？」

『だから急かすなってば。ほら。かすれが強い数字と、ほとんどかすれていない数字がある』

　海斗の言う通り、いくつかのボタンの数字が、明らかにかすれが強くなっていた。

「そのボタンが……？」

『暗証番号に使われている数字だよ。一、四、六、七、九。暗証番号はきっとその五つの数字の組み合わせだ』

「なら、可能性のある組み合わせを順番に試していけば開くんじゃないか」

『あのなあ、五つの数字だけで百二十通りの組み合わせがあるんだぞ。しかも、暗証番号は五桁とは限らない。もし重複している数字があるなら、組み合わせははるかに多くなる。片っ端から入力していったら、何日かかるか分からないだろ』

「やっぱり無理ってことか？」

『諦めるのは早いって。とりあえずもう覗き込まなくていいよ』

海斗に促された岳士が顔を上げると、左手がジーンズのポケットから財布を取り出した。河原で死んでいた男の財布。なにか役に立つかもしれないと、持ってきたものだった。

「暗証番号のメモなんか、入っていなかったぞ」

『そりゃあ、不用心だからメモなんか残さないさ。けれど、暗証番号を忘れても困る。だから、身近にある数字にしているかもしれない』

海斗は片手で器用に財布を開くとカード類を取り出し床に並べていく。突然、左手の動きが止まり、海斗が「あっ！」と声を上げる。

「どうしたんだよ？」

『銀行のキャッシュカード。そこに書いてある口座番号を見て』

左手がキャッシュカードを取り、顔の前に持ってくる。支店番号の後ろに記されている口座番号、そこには『６９７１１４７』とあった。

「もしかして、これが……？」

『暗証番号かもしれない。とりあえず打ち込むよ』

岳士は「分かった」と、再び四つん這いになると、キャッシュカードに記されていた七桁の数字を打ち込んでいく。全ての数字を打ち込んだあと、「頼む」と心の中で祈りながらエンターボタンを押した。

小さな金属音が響く。目を見開いた岳士は、金庫のノブに手をかけた。さっきはどれだけ力を込めても微動だにしなかったノブが、ほとんど抵抗なく動いた。

海斗の『やった！』という歓声を聞きながら、金庫の扉を開く。中には分厚い茶封筒が入っていた。取り出して覗き込むと、バインダーや写真などが詰め込まれている。

「なんだよ、これ？」

『早川はフリージャーナリストだったんだろ。調査をまとめたものじゃないか？』

「こんなものを厳重に保管していたのかよ。てっきり、宝石でも入っているかと思ってた」

『早川にとっては、宝石よりも価値がある情報だったんだよ。……きっと、早川を殺した犯人にとってもね』

「犯人はこの資料を探して、この部屋に侵入したってことか？」

『多分ね。つまり、この資料は犯人を見つけるための重要な手がかりになるかもしれない』

岳士は慌てて茶封筒の中身を取り出そうとする。

『確認は後にしなって。早くここから出ないと』

「ちょっと待ってくれ。少し目を通すだけでも……」

突然、電子音が部屋の空気を揺らした。岳士は体を震わせて振り返る。デスクに置かれた電話が着信音を鳴らしていた。

「……どうする?」岳士は声をひそめる。

『どうするって、出られるわけないだろ。無視するしかないよ』

数回着信音を響かせたところで、電話が留守電モードに切り替わった。人工音声が「ただいま留守にしております。御用の方は……」と案内をはじめる。

「……逃げろ」

留守電のメッセージを打ち消すように、甲高く人工的な声が聞こえてくる。機械的に変換された不自然な声。

「いますぐに逃げろ。刑事が来るぞ」

その言葉を残し、メッセージの録音が開始される前に通話は途絶えた。部屋に沈黙が下りる。

「いまの……なんだよ……」岳士は左手を見下ろす。

『……分からない』

「逃げろって、俺たちに言っていたのか?」

『たぶん』

「っていうことは、俺たちがこの部屋に侵入していることを知っているってことだろ。いったい誰が……」

『さっぱり分からないよ。けど、まずは脱出しよう。本当に刑事が来ていたら大変だ』

「そ、そうだな」

岳士は床に散らばっているカード類をまとめてポケットに入れると、茶封筒をリュックサックに詰め込んで、玄関に向かおうとする。

『そっちじゃない。窓から出るんだ。刑事と鉢合わせするかもしれないだろ』

「あ、ああ、そうか」

岳士はリュックを背負いながらデスクのそばのカーテンをまくり、窓を開ける。窓枠に足をかけて外に出ると、音が出ないように注意しながら窓を閉めた。そのとき、玄関の方から金属音が聞こえてきた。誰かが鍵を開けようとしている。

『そこの塀を越えろ！』

海斗が声を上げつつ、左手の『権利』を渡してくる。急いでブロック塀を乗り越え、敷地の外に着地した岳士は耳を澄ます。かすかに「なんだよ、この部屋は」と声が聞こえてきた。

刑事だ。脱出が遅れていたら見つかっていた。

『なにしてるんだ！　さっさと逃げるぞ！』

「わ、悪い」

岳士は細い路地へと飛び込む。頭の中では、電話から聞こえてきた不吉な声がくり返し再生されていた。

5

渋谷駅を出て、スクランブル交差点へと向かう。

早川の部屋を脱出し、路地を迷いながらも蒲田駅にたどり着いた岳士は、そこから渋谷に戻った。駅のコインロッカーに預けていた荷物を取り出し、ねぐらとしているネットカフェへと向かっている。

午後十一時を過ぎているというのに、スクランブル交差点の周りには無数の人々がたむろしていた。歩行者信号が青になり、岳士は重い足を動かして進んでいく。交差点の中央辺りまで来ると、四方八方からの人の流れがぶつかり、なかなか進めなくなる。最初は感動していたこの人の多さも、いまはわずらわしさしか感じなかった。派手なネオンが神経を逆撫でする。

交差点を渡り切ると、海斗が『大丈夫かい?』と声をかけてくる。

「……少し疲れてるだけだ」

岳士は正面を見たまま、小声で話す。早川の部屋をあとにしてから、海斗とはほとんど会話を交わしていなかった。海斗はなにか考え込んでいるような気配を漂わせていたし、岳士も疲れ果てて自分から声をかけなかった。

犯人に繋がる資料を手に入れた。本当なら喜んでいい状況のはずだ。しかし、電話から響いた不気味な声。あの声を思い出すたびに不安が体を蝕《むしば》んでいく。

『なあ、あの電話……』海斗が躊躇《ためら》いがちに言う。

「やめてくれ」岳士は大きくかぶりを振った。「いまはその話はやめてくれ」

『悪い……。ゆっくり休んでからにしような』

足早にネットカフェへとたどり着いた岳士は、茶髪の男から買った会員証を店員に差し出す。

会員証を機器に読み込ませた店員が、訝しげな表情を浮かべた。

「あの、……どうかしましたか？」不穏な空気に、岳士は声をひそめる。

「いえ、お客様の会員証と同一のデータで入店している方がいるもので……」

『おい、やばいぞ』

海斗が焦り声で言う。岳士もすぐに状況を把握した。会員証を売った男がいま入店しているのだ。きっと再発行をしたのだろう。

「すみません。やっぱり結構です」岳士は逃げるようにエレベーターに乗り込んだ。

ビルから出た岳士は、近くにあったファストフード店でハンバーガーのセットを注文すると、外からは死角になる隅の席に腰を掛けた。

「もう、あのネットカフェは使えないな。お前が言うから、一万円も払ったのに」

ため息を吐《つ》きつつ、フライドポテトを口の中に放り込む。

『当たらないでくれよ。まさか、あの男がすぐに新しい会員証を作るなんて思わないだろ』

「これからどうする？　さすがに、人目があるところで早川の資料は広げられないだろ」

『やっぱり部屋を確保したいね。その方が警察に見つかるリスクも少ないだろうし』

「それには、身分証明書が必要だろ」

『無くても泊まれる施設はあるかもしれないけど、警察はそういうところを真っ先に探すだろうしなぁ』

「八方ふさがりかよ」岳士は肩を落としつつ、ハンバーガーにかぶりついた。

『……いや、何とかなるかもしれないな』

「本当か⁉　どうするんだ」

『あとで詳しく教える』

「なんだよ、もったいつけるなよな」

『とりあえず、栄養を補給しなよ。そのあと、夜の散歩としゃれこもう』

「散歩？　警察に見つかるかもしれないから、できるだけ外は歩かないって言ってただろ」

『変装しているから大丈夫さ。宿のためには必要なことなんだよ。だから、早く食べなって』

海斗に促されてハンバーガーセットを胃に詰め込んだ岳士は、ファストフード店を出る。再び渋谷駅のコインロッカーに荷物を預けると、海斗に指示されてセンター街へと向かった。

眩しいほどのネオンに照らされた通りには、多くの酔った若者が歩いていた。

『うーん、もう少し奥まで行った方がいいかな。ここは人通りが多すぎるし』

「奥って、なにを企んでいるんだよ？」

不吉な予感をおぼえるが、海斗は『まあ、任せておきなって』と取り合わなかった。

昔から、「任せておけ」と海斗に言われると、なにも言えなくなる。岳士は仕方なく、センター街を奥へと進んでいった。数分歩くと、ネオンの光が少なくなってくる。通りを歩く人もまばらになってきた。

『うん、いい感じに寂れてきたね。それじゃあ、その辺りの路地に入って』

「路地に？　なんで？」

『いいから。適宜、指示していくからさ』

ため息を吐きながら、言われた通りに薄暗い路地へと滑り込む。時々、千鳥足の人々とすれ違った。岳士は言われるがままに、似たような路地に入っては出てを繰り返す。

「なんの意味があるんだよ、これは？」岳士は左手を睨みつけた。

『焦るなってば、いま探しているからさ』

「探している？」

眉根を寄せると、海斗が『おっ』と声を上げた。岳士の足が止まる。

「どうした？」

『いや、なんでもないよ。とりあえず足を動かしなって』

はぐらかされた岳士は、渋い表情のまま進んでいく。前方から二人組の若い男がやって来た。一人は眼鏡をかけた大柄な短髪の男、もう一人の男は中肉中背で、耳にいくつもピアスをつけていた。まだ数メートルほど離れているのに、アルコールの匂いが漂ってくる。

大きな笑い声を上げながら歩く二人とすれ違う寸前、不意に左肩から先の感覚が消えた。

なにを？　岳士がそう思ったときには、勝手に動いた左手が、眼鏡の男の肩を強くはたいた。

「何すんだ！」肩を押さえた眼鏡の男が睨んでくる。

岳士が謝罪の言葉を発する前に、自分の左手が口を覆った。

「おい、なんなんだよ、ぶつかってきておいて。謝れよ」

眼鏡の男が声を荒げる。その隣では、ピアスの男が「やめろよ」と声を上げていた。

「なんとか言えよ」

眼鏡の男は酒のせいか、それとも怒りでか、紅潮した顔を近づけてくる。次の瞬間、海斗の操る左手が思い切り男の胸を押した。男はたたらを踏むと、路地の壁に背中をぶつける。

一瞬呆けた表情を浮かべた眼鏡の男の顔が、怒りで歪んでいく。

「てめえ！」

眼鏡の男は両手を伸ばして岳士のシャツを掴むと、思い切り反対側の壁に押し付けた。後頭部が壁に当たり、重い痛みが走る。岳士が顔をしかめると同時に、男は腹に膝蹴りを叩き込んできた。とっさに腹筋を固めることも出来ず、衝撃が内臓に突き抜ける。くぐもったうめき声を漏らした岳士は、体をくの字に曲げた。腹の底からふつふつと怒りが湧いてくる。

眼鏡の男はシャツを離すと、右手を大きく振りかぶった。

そんなテレフォンパンチ、当たるかよ。右拳を握りしめた岳士が、フックを打ちこもうと体重を前足に乗せた瞬間、右腕が何かに引っかかった。焦って視線を下げた岳士は目を剝《む》く。いつの間にか左手が肘の内側に添えられ、パンチを押しとどめていた。

目の前に火花が散った。頰に痺《しび》れるような痛みが走り、口の中に鉄の味が広がる。一瞬、重力が消えた気がした。この感覚は知っている。パンチでダウンしたときの感覚。

両膝が折れ、その場に座りこんでしまう。

アスファルトに跪《ひざまず》いたまま、岳士は手足の指を動かせるか確認する。ダウンしたら数秒間は立たずに、ダメージの度合いを測る。ボクシングのセオリーを無意識に実践していた。

足に力が入らない。かなり強く脳を揺らされた。そう判断したとき、脇腹に何かが突き刺さり、岳士はその場に仰向けに倒れる。見ると、眼鏡の男が右足を振りぬいた体勢で見下ろしていた。自分が蹴り倒されたことに気づく。

ああ、そうだ。ここはリングじゃないんだ……。爪先で抉《えぐ》られた腹を右手で押さえながら、岳士は唇を噛む。あまりの混乱に、そんなことすら判断できなかった。

さらに蹴りを加えてこようとする男を、ピアスの男が背後から羽交《はが》い締《じ》めにする。

「おい、やりすぎだって。ほら、人が見てるぞ」

眼鏡の男がはっと我に返ったような表情になった。岳士も倒れたまま、ピアスの男が指さした方向に視線を向ける。そこでは、若いカップルが引きつった表情で立ち尽くしていた。

「行こうぜ」

ピアスの男に促され、眼鏡の男は逃げるように離れていく。二人の背中を見送った岳士は、壁に寄りかかるようにして立ち上がった。腹には鈍痛が残り、膝が笑ってしまう。

「あのさ……、大丈夫?」カップルの男がおずおずと声をかけてくる。

「……大丈夫……です」

声を絞り出し、口元を右手でぬぐう。手の甲にべったりと赤い血がこびりついた。

「けど、けっこう血が出てるよ。警察呼んだほうがいいって」

「いえ、大丈夫です!」

警察という言葉に、頭にかかっていたもやがいくらか晴れる。岳士は歯を食いしばって力が入らない足に活を入れると、落とした変装用の眼鏡を手に取り、その場から逃げる。

路地を抜けると、すぐ近くに公衆トイレがあった。逃げ込むように多目的トイレに入り中から鍵をかけた岳士は、扉に背を預けてずり下がっていく。座り込むと、ジーンズの生地を通して床の冷たさが尻に伝わってきた。口の中に溜まった血液を床に吐き、両膝を抱える。

そのままの体勢で、ただ時間が経つのを待つ。脳震盪《のうしんとう》が回復してきたのか、手足のしびれが弱くなってきた。歪んでいた視界も直線を取り戻しはじめる。

「……なんのつもりだよ？」

岳士は右手でシャツの裾を力いっぱい握る。そうしないと左手を、海斗を殴りつけてしまいそうだった。海斗が変装用の眼鏡を顔にかけてくる。

『なんのつもりって？』

普段通りの海斗の口調が神経を逆なでした。岳士は左手首を摑むと、顔の前に持ってくる。

「なんであんなことをしたのかって訊いているんだよ！　大怪我するところだっただろ」

『悪い悪い。ボクサーのお前なら、殴られても大したダメージ受けないと思ったんだよ』

「そんなわけあるか。お前のせいで、カウンターであの大男のパンチを食らったんだぞ！」

『もう少し弱そうな奴にしたかったんだけど、なんと言っても、ぴったりだったからね』

「ぴったり？」

『あれ、気づいていなかったのかい。あの男、誰かに似ていただろ』

似ていた？　眼鏡の男の姿を思い起こす。唇が薄く、鼻筋が通ったそれなりに精悍《せいかん》な顔つきをしているが、少し垂れ気味の目がどこか自信なげにも見えた。頭の奥が疼《うず》く。たしかに誰かに似ている気がする。しかし、それが誰だか分からない。

『分からないなら、とりあえず立ち上がりなよ』

「立ち上がる？　なんでだよ？」

『いいから早く』

促されて、岳士は渋い顔で立ち上がった。足元がふらつき、わきの壁に右手をつく。

『振り返って後ろを見なよ。そこに、いるからさ』

岳士は「え？」と背後を見る。男と目が合った。精悍だが、どこか自信なげな顔つきの眼鏡をかけた男。たしかに、さっきの大男に似ている。

「……海斗」喉からかすれ声が漏れた。

いや、海斗じゃない。海斗はいつも堂々としていた。こんな弱々しい表情はしなかった。

これは……俺だ。

『分かったかい。そう、あの男はなんとなくお前に似ていたんだよ』

鏡を見つめる岳士の目の前に、何かが現れる。思わず反り返った岳士は、海斗が長方形の物体を顔の前にかざしていることに気づいた。

「それって……」

『財布だよ。お前を殴った男のね』

海斗は片手で器用に革製の長財布を開くと、中から運転免許証を取り出す。

『関口亮也《せきぐちりようや》か、うん、目立ちにくくていい名前だね』

「盗んだのか？」

『心外だなあ。怪我させられた慰謝料としてもらっただけだって』

「財布が無いことに気づいて、あの男が警察に駆け込んだらどうするんだよ」

『ちょっと体がぶつかっただけの相手をぼこぼこにしたんだぞ。警察には行けないさ』

だからこそ、俺を殴らせたのか。全て計算通りだった。呆れと感心が同時に胸に湧く。

「じゃあ、あの男に絡んだのは」

『そう、どさくさに紛れて財布をすって、お前に似た男の身分証明書を手に入れるためだよ。これさえ使えば色々なことが出来るようになる。例えば……』

海斗はもったいをつけるように言葉を切ると、財布を胸に押し付けた。

『僕たちの部屋を借りることもね、関口亮也君』

6

エレベーターを降りると、汚れの目立つ外廊下がのびていた。すれ違うように、やけに日焼けをした、軽薄な雰囲気の若い男がエレベーターに乗り込む。

夕陽を横顔に浴びながら、岳士は廊下を進んでいく。左側に五つならんだ玄関扉のうち、一番奥にある扉の前で岳士は立ち止まった。すぐそばにある非常階段の入り口を眺めながら、ポケットから取り出した鍵を鍵穴に差し込む。

手首を返すと錠が開く軽い音が響いた。岳士は右手を胸に当てる。

『なにを突っ立っているんだよ。外は暑いから、さっさと入ろうぜ』

左手が勝手にノブを摑み、扉を開けた。

「あっ、勝手なことするなよ。せっかく……」

『せっかく感傷に浸っていたのに、かい。そんな大したことじゃないだろ』

「……大したことだ。俺にとってはな」岳士は大きく息を吐くと、開いた扉をくぐった。

渋谷で男から財布をすり取った翌日の夕方、岳士は川崎駅から徒歩で十五分ほどの所にある古びたマンションの五階にいた。昨夜、盗んだ財布の中に入っていた運転免許証を使ってネットカフェに泊まると、今後の活動拠点とするべき部屋をネットで一晩中探した。そうして見つけたのが、このウィークリーマンションだった。

可能なら東京に部屋を借りたかったのだが、家賃が高かったし、『早川の殺害事件は警視庁が担当しているはずだ。なら、東京以外で部屋を借りた方がいいよ』と海斗に説得された。

　午前中にネットで申し込みを行い、さらに盗んだ運転免許証で格安のスマートフォンを契約もした。その後、二時間ほど前に川崎の不動産屋を訪れて正式な契約を行っていた。他人の身分証明書だと悟られないか不安だったが、担当者は運転免許証を一瞥《いちべつ》してコピーを取っただけで、あっさり契約をすることができた。かくして、無事に契約を済ませた岳士は、これからの生活拠点となるマンションへとやって来たのだった。

　狭い玄関の奥に、二メートルほどの短い廊下があった。右手と正面に扉があり、左手には申し訳程度にちゃちなキッチンが設置されている。

　靴を脱ぎ、キッチンを横目に廊下を進んだ岳士は、正面の扉をゆっくりと開いた。むっとする熱気が流れ込んでくる。扉の奥には、シングルベッド、デスク、本棚、小型液晶テレビなど、生活に必要な最低限のものが無造作に配置された八畳程度の空間が広がっていた。

『侘《わび》しい部屋だね。まあ、四万五千円で二週間も借りられるんだから、贅沢は言えないか』

　海斗の言うとおり、たしかに殺風景な部屋だ。それでも、岳士の胸は高鳴っていた。

　これまで、ずっと実家暮らしだった。自分の部屋を与えられてはいたが、いつも息苦しさをおぼえていた。早く家を出て、一人暮らしをしたいと思っていた。

思い描いていた形とは大きくかけ離れているが、それでも自分だけの『家』を手に入れることができた。これまで味わったことのない解放感が胸を満たしていた。

『それじゃあ、自分の城も手に入れたし、さっそく早川の部屋で見つけた物を調べようか』

「すぐにか？　少し休んでからでいいじゃないか」

『なに呑気なこと言っているんだよ。お前は殺人犯の濡れ衣を着せられているんだぞ』

海斗の口調が厳しいものになる。岳士は「悪い……」と床に置いたリュックからノートパソコンと茶封筒を取り出した。

デスクにノートパソコンと茶封筒を並べた岳士は、椅子に座って唾を飲み込むとノートパソコンの電源を入れる。液晶画面に『ＷＥＬＣＯＭＥ』の文字が躍り、続いてパスワードを要求するウィンドウが出現した。

『ああ、やっぱりパスワードかかってたか』

「どうにかパスワード分からないのか？　パソコンには詳しいだろ」

岳士は『Ｅｎｔｅｒ』ボタンを押す。画面に「パスワードが違います」という表示が現れた。

『無茶言うなよ。パスワードを破るような技術まではもってないよ』

「なんだよ、せっかく苦労して持ってきたのに！」

『そうカリカリするなって。まだこっちがあるよ』

海斗は茶封筒を手に取ると、岳士の目の前で左右に振る。

『金庫の中に入っていたこっちこそ本命だ』

「……そうだな」

ノートパソコンを脇に置いた岳士は、茶封筒からバインダーを取り出し、机の上で広げた。かなり癖のある文字が紙面を埋めつくしている。その多くはメモのような走り書きで、一見しただけでは読み取れない。

ぱらぱらとページを流し見したあと、岳士はバインダーを閉じると、続いて封筒から写真を取り出す。睡眠不足の頭でメモの解読を試みる気にはなれなかった。

写真を数枚めくったところで、岳士は眉根を寄せる。それらは、遠方から人を撮影したものだった。そこに写っている人々の視線は、こちらを向いていない。明らかな隠し撮りだ。

数十枚ある写真を岳士はせわしなく確認していく。そのほとんどが夜間に撮影されたもので、被写体の多くはどこか反社会的な雰囲気を纏《まと》っている若い男たちだった。

「なんだよ、これ？」岳士は写真の束を机に置く。

『調査資料なんじゃないか。しかし、ガラの悪い男たちだね。早川はアングラ系の記事を書いていたから、なにかやばいことを調べていたのかも』

「それに気づかれて、殺されたってことか？　なら犯人はいま、この資料を持っている俺を追っているんじゃないか？」

背中に冷たい震えが走る。

『大丈夫だって。警察だってお前を見つけ出していないんだぞ。ここが見つかるわけないよ』

「……早川の部屋にかかって来た電話、覚えてるだろ」岳士は声をひそめる。

『犯人があれをやったって思っているのかい？』

「他に誰がいるんだよ。金庫を開けられなかった犯人は、早川の部屋を監視していたんだ。そこに俺たちがやってきて、金庫を開けた。そのとき、偶然に刑事があの部屋にやってきた」

岳士は早口でまくしたてながら、茶封筒を指さす。

「犯人はこの資料を警察に渡すわけにはいかなかった。だから、俺に警告して、脱出させたんだ。あとは俺から資料を奪い取れば、目的は達するはずだ」

息が荒くなる。昨日、自らの無実を証明すると決心したときから、ずっと犯人を追っているつもりだった。しかし実際は、自分の方が狩られる立場なのかもしれない。

実際に人を殺した犯罪者。しかも、相手は一人とは限らない。

『大丈夫だって』海斗が右肩を軽く叩いてくる。『昨日今日と、何度も確認しただろ。誰かにつけられていないか。ここがばれていることは絶対にないよ』

たしかに昨夜から、つねに尾行を警戒していた。しかし、胸腔内にこびりついた不安はなかなか消えなかった。

『それより、他にも封筒の中に入っていたものがあっただろ。なんだったんだい』

「他のもの？」

『気づいていなかったのかよ。さっき中を覗いたとき、バインダーの陰になにかあったぞ』

海斗は封筒を手に取ると、逆さにして振る。中から小さなプラスチック製の容器が二つ出てきて、デスクの上に転がった。

「……目薬？」

岳士は鼻の付け根にしわを寄せる。一見するとそれは目薬のようだった。ラベルは貼られておらず、中にエメラルドブルーの液体が入っている。岳士が容器をつまみ上げて揺らすと、蛍光灯の光が淡く乱反射した。

「この目薬みたいなの、今回の事件に関係しているのか？」

『封筒に入っていたんだから関係ある気はするけど、どうだろうねぇ。早川のメモになにか書かれているんじゃないかな。とりあえずこれを詳しく読んでいこうよ』

海斗はバインダーを手に取ると、岳士の顔の前に掲げる。岳士は重いため息を吐いた。

「今日はやめにしようぜ。眠くて頭が重いんだよ」

『なに言っているんだよ。いまこの瞬間も、警察はお前を探しているんだぞ。それに、さっき自分で言っただろ。犯人も僕たちを探しているかもしれないって』

「分かってる。それは分かっているよ。けど、本当に頭が回らないんだ」

まだ夕方だというのに、強い睡魔に襲われていた。ここ数日の慢性的な睡眠不足に加え、自分の部屋にいるという安心感が眠気を誘っている。

『けどなぁ……』

海斗がつぶやいたとき、岳士は顔を上げた。どこからか声が聞こえた気がした。女の声が。岳士はデスクの脇にある、隣の部屋とこの部屋を仕切る壁に視線を向ける。

再び、かすかに声が聞こえる。それは明らかに歓びの艶《つや》を帯びていた。耐えきれぬ快感に女が上げる声。耳を澄ますと、ベッドのスプリングが軋む音と、男の荒い息遣いも聞こえてくる。

岳士は口を半開きにしたまま硬直する。そのうちに、女の声はさらに甲高く、悲鳴じみたものになっていく。

絡み合う男女の映像は何度も見たことがある。しかし、ただ声が聞こえるだけだというのに、これまで経験したことがないほどに頭が熱くなっていった。

壁一枚隔てた奥で、液晶ディスプレイ越しにしか見たことのない行為が実際に行われている。そのことにめまいをおぼえるほどに興奮していた。下半身に血が集まっていく。

次の瞬間、左手が壁を強く叩いた。重い音が部屋に響き渡る。嬌声《きょうせい》が消え去った。

『……壁が薄いね、この部屋は』海斗は淡々と言う。

岳士は唾をごくりと飲み下すと、「……ああ」とかすれ声を漏らす。心臓の鼓動が頭に響く。痛みを感じるほどにペニスが硬くなっているのが分かる。

『……言われてみれば僕も少し疲れたな。ちょっと休憩させてもらうよ』

どこか白々しく海斗がつぶやくと、左手首から先の感覚が戻ってくる。

「海斗……」

岳士は左手の感触を確かめつつ、声をかける。しかし、返事はなかった。

左手に海斗が宿ったとき、岳士はほとんど抵抗感をおぼえることなく、その事実を受け入れた。ただ、唯一困ったのは、全身の若い細胞から毎日湧きあがり、蓄積していく性欲の処理だった。しかし、澱《おり》のようにたまった欲求に岳士が苦しんでいる雰囲気を察すると、海斗はいまのようになにかと理由をつけては左手の権利を渡し、全く反応しなくなる。

その間、本当に海斗が眠りに入っているのかどうか、岳士には分からない。そのことについて、深くは考えず、衝動の解消につとめることにしていた。

岳士は横目で壁を見つめる。その奥にいる男女が行為をやめたのか、それとも声を押し殺して欲望をぶつけ合っているのかは分からなかった。へその下に炎が燃えているような感覚をおぼえつつ、岳士はカーテンを閉めると蛍光灯からぶら下がっている紐を引く。薄暗くなった部屋の中、ズボンを脱いだ岳士は、シングルベッドに横になって毛布を被った。

目を閉じると右手を下半身に伸ばし、金属のように硬くなった体の一部に触れる。

ついさっき聞いた喘ぎ声が耳に蘇ると同時に、瞼の奥にブレザー姿の少女の姿が浮かんだ。

岳士は唇を嚙む。押し寄せてきた強い嫉妬と後悔が、なぜか興奮を強くした。強い自己嫌悪をおぼえながら、岳士は右手を動かし続ける。

数分後、体内に吹き荒れていた嵐が凪ぐと同時に、一気に眠気が襲っていた。心地よい気怠《けだる》さを感じながら、岳士は抵抗することなく睡魔に意識をゆだねる。

意識が落下する寸前、脳裏でブレザー姿の少女が哀しげに微笑んだ。


薄目を開けると、染みの目立つ天井が飛び込んできた。岳士はゆっくりと体を起こす。カーテンの隙間から差し込んでくる光が、部屋を照らし出していた。

目をこすりながらベッドから出る。石が詰まっているかのように重かった頭がすっきりしていた。全身に溜まっていた疲労もだいぶ軽くなっている。デスクの上に放り出されていた腕時計を見ると、針は七時過ぎを指していた。どうやら半日近く眠りこけていたらしい。

Tシャツとボクサーブリーフ姿のまま、岳士は両手を天井に向かって思い切り伸ばす。こきこきと背骨が鳴ったとき、天井に向けていた左手の感覚が消えていく。

『おはよう。よく眠れたかい？』

海斗の声を聞くと同時に昨夜の記憶が蘇り、岳士は居心地の悪さをおぼえる。

「……まあな」

『それは良かった。僕も熟睡できたよ。お互い疲れがたまっていたんだね』

気を遣っているのか、海斗の態度はいつも通りだった。そのことに、惨《みじ》めな気持ちを覚えていると、腹が大きな音を立てた。

『そう言えば、ここに来てから何も食べていないな。腹が減っただろ』

海斗に指摘され、岳士は空腹感を自覚する。原始的な欲求が、羞恥心《しゅうち》を押し流していく。

『服着て買い出しに行こうぜ。ちょっと歩いたところにコンビニがあったはずだよ』

「そうだな」

岳士は床に脱いだままにしてあったジーンズを穿くと、部屋を出て、歩いて数分の所にあるコンビニエンスストアでレトルト食品と日常必需品を買い込み、マンションに戻った。

エレベーターで五階に着いた岳士は、買い込んだ物品で大きく膨らんだビニール袋を右手に持って外廊下を進んでいく。自室の扉まであと数メートルのところまで近づいたとき、唐突に隣の部屋の扉が開き、行く手を遮った。思わず「うおっ⁉」と声が出てしまう。

「あら⁉」扉の陰から若い女が顔を出した。「ごめんね、驚かしちゃった⁉」

「あ、いいえ、大丈夫です」

答えながら岳士は女を見る。年齢は二十代半ばといったところだろうか。明るい茶色の髪を後頭部で縛り、ポニーテールにしている。二重の大きな目からは少女のような幼さを感じるが、すっと通った鼻筋と、薄く口紅が差された肉感的な唇は大人の女性の色香を漂わせていた。

女は「よっこいしょ」と、大きなゴミ袋を二つ持って廊下に出た。露出度の高いタンクトップの胸元は、大きく嫋《たお》やかな曲線を描き、ホットパンツの裾からは白い太ももが露《あら》わになっている。岳士の喉が、ごくりと鳴る。

『……視線』

海斗の声で我に返った岳士は慌てて顔を伏せ、上目遣いに女を見る。

この人が……。昨夜、壁越しに響いて来た嬌声が脳裏に蘇り、顔が火照《ほて》っていく。

「あ、もしかして、隣の部屋に越してきた人？」女はコケティッシュに微笑む。

「あ、……はい」

岳士が躊躇いがちに頷くと、ゴミ袋を廊下に置いた女は細い右手を勢いよく差し出してきた。

「私は桑島彩夏《くわしまあやか》。よろしくね、お隣さん」

7

『おーい、なにぼーっとしているんだよ』

カップラーメンの麺を箸で持ち上げたまま固まっていた岳士に、海斗が声をかけてくる。

『さっきからだらだらとしてさ。麺が伸びちゃうぞ』

「ああ……」

岳士は麺をすすりながら、デスクの上に広げられたバインダーに視線を落とす。

コンビニで食料を買い込んで帰宅したあと、こうして早川の家から持ち出したバインダーを眺めていた。しかし、びっしりと書かれた文字がなかなか頭に入ってこない。

『この「サファイヤ」っていうのはなんだろうね？』

「俺もそれが気になった。サファイヤって宝石だよな」

ページの一番上には崩れた文字で大きく、『サファイヤ販売網』と書き殴ってある。

『多分これ、隠語か何かでしょ。密輸とか密売とか、やばそうなことが書かれているし』

「密輸？」思わず声が甲高くなる。

『おいおい、なに言っているんだよ。ここに書かれているだろ』

海斗が開いたページを指さしていく。たしかによく見ると、小さく「密輸」「密売」「売人」「暴力団」などの文字が書かれていた。

『ちょっと目を通せば、すぐに気づくはずだろ。集中しなって』

「……悪い」

『さっきのお姉さんかい』

海斗がぼそりとつぶやいた。図星をさされて黙り込む岳士の脳裏に、隣の住人の露出度の高い姿が蘇ってくる。タンクトップの胸元から覗いた谷間を思い出してしまう。

『分かるよ。きれいなお姉さんがあんな格好していたら、健康な男子高校生には目の毒だよな。でもさ、いまはそんな場合じゃないだろ。殺人犯として追われていること、忘れるなよ』

「忘れてない……」

岳士はうつむく。忘れてなどいなかった。しかしどうしても、ついさっき見た煽情的《せんじょう》な肢体《したい》、そして昨日、壁越しに響いた嬌声が脳裏によみがえってしまうのだ。

『そう、ならいいよ。それじゃあ、ノートに戻ろうか』

「けどな、このノートの字、汚すぎだろ。暗号を解読しているみたいだ」

『だからこそ、集中してやらないと。これさえ解読できれば、早川を殺した犯人の目星がつくかもしれないんだからさ』

「だったらいいけどな」

岳士は数回深呼吸をして気持ちを落ち着かせると、ノートに記された文字に集中する。癖のある字に四苦八苦しながら文章を追っていくが、ところどころ完全に解読不可能なところがあり、さらにメモのように内容が飛んでいるので、理解するのは難しかった。

ただ、そこには『サファイヤ』というものの売買について調べはじめたという主旨の記述があった。

「このサファイヤって……」

ノートを指さした岳士は、はっと顔を上げる。また壁の奥からかすかに声が聞こえた気がした。男女の話し声が。

『集中！』

海斗の鋭い声に、岳士は背筋を伸ばす。左手が岳士の額を軽くはたいた。

『もしも昨日みたいな声が聞こえてきたりしたら、また僕がすぐに壁を叩いて静かにさせる。だから、さっさとノートを見なって。お前が目を向けないと、僕にも見えないんだからさ』

海斗に促された岳士は「分かったよ」と視線を落とす。しかし、内容が全く頭に入ってこなかった。どうしても、聴覚に全神経が集中してしまう。

壁の向こう側から響く声が、次第に大きくなっていく。その声には明らかに険悪な響きが含まれていた。岳士が顔を上げると、さらに声が大きくなる。女の甲高い叫び声と、男の怒鳴り声。内容ははっきりしないが、お互いをけなし合っている雰囲気は伝わってきた。

『無視しとけってば』

「でも、なんか言い争っている感じだぞ」

『痴話喧嘩だよ。好きなようにやらせておけば……』

海斗の呆れ声は大きな音によって遮られる。何かが壁にぶつかったようだ。岳士が目をしばたたかせていると、続けざまに重い音が聞こえてくる。

「おい、これって……」

『……派手な喧嘩だね』

「放っておいて大丈夫なのか？」

『どうしようもないだろ。他人が首を突っ込むことじゃないよ』

「助けて！」一際大きな、そして悲痛な声が響いた。

岳士は慌てて椅子から腰を浮かし、玄関に向かおうとする。しかし、左手が勝手に動いて机の端を摑み、体のバランスが崩れた。

「なにするんだ！」

『お前こそなにするつもりだよ』

「あの人を助けるんだよ。当たり前だろ」

『何度言わすんだよ、お前は殺人の容疑者なんだぞ。目立つことしてどうするんだよ』

「このままだと、誰かが通報するぞ。警察が来て、ここにも事情を聞きに来るかもしれない」

岳士は思いついたことを一息に言う。海斗が言葉に詰まる気配がした。

「警察に通報される前に、この騒ぎを収める。文句はないだろ」

岳士は机を摑む左手に視線を落とす。壁の奥からは、いまも悲鳴じみた声が聞こえてくる。

『……分かったよ』

渋々といった様子で海斗が机を放すと同時に、岳士は玄関へ走った。外廊下へと出ると、隣の部屋の玄関扉が開き、中から桑島彩夏が素足のまま飛び出してきた。その頰には殴られたのか、赤い跡がついている。岳士を見つけた彩夏は、無言のまま抱きついてきた。

「あ、あの……。大丈夫ですか？」腕に感じる柔らかい感触に心臓が大きく跳ねる。

「どこ行くつもりだ！」

若い男が彩夏の部屋から出てきた。岳士に気づいた男は、すっと目を細くする。中肉中背で、茶色く脱色した髪は肩まで伸びている。ミュージシャン崩れのチンピラといった雰囲気だった。

「誰だよ、てめえは」

「……誰でもいいだろ」岳士は彩夏を背中にかばう。

「ああ、誰でもいいよ。だから、そいつをこっちに渡せ」

「この人になにするつもりだよ？」

「うるせえ！　そいつは俺の女だ！　関係ない奴は引っ込んでろ！」男の顔が紅潮する。

「あなたとはもう終わりなの！　二度とここに来ないで！」岳士の後ろで彩夏が声を上げた。

「なあ、そんなこと言うなよ。やり直そうぜ。そりゃあ、殴ったのは悪かったよ。ただ、それはお前のことを愛しているからなんだよ」

一転して媚《こ》びるように男が言うと、彩夏は両手で耳を塞《ふさ》いだ。

「聞きたくない！　いいからどっかに行ってってば」

『やっぱり痴話喧嘩か』海斗がつまらなそうにつぶやいた。

怯《おび》えた表情の彩夏が、縋《すが》りつくような目つきで岳士を見上げてくる。アイシャドーで縁取られたその大きな目に吸い込まれていくような錯覚に襲われる。

「いいから部屋戻ろうぜ。また可愛がってやるから機嫌直せよ」

男がいやらしい笑みを浮かべながら近づいてきた。

「この人が嫌がっているだろ」岳士は男を睨みつける。

「だから、てめえには関係ねえだろ。ぶっ飛ばされたくなきゃ、さっさと消えろ！」

「……海斗、左腕を貸せ」

岳士は小声でつぶやく。『はいはい』という呆れ声と同時に、左手首から先の感覚が戻った。

長髪の男は右腕を大きく振りかぶると、岳士の顔面に向けて拳を振り下ろしてきた。岳士は滑るように前に出る。一瞬で間合いを詰められ、男の顔に驚きが浮かんだ。

左拳を握りこんだ岳士は、腰をコンパクトに回転させる。体重の乗ったボディブローが男の肝臓を抉った。潰《つぶ》されたカエルのような声を上げつつ、男はその場に崩れ落ちる。

腹を押さえ、口から唾液を漏らしながら悶絶する男を、岳士は冷たい目で見下ろした。

「お前が消えろよ。二度とここに来るんじゃねえ」

恐怖と痛みに顔を歪めた男は、腹を押さえてふらふらと立ち上がると、エレベーターの方へと逃げていく。その姿が見えなくなるのを確認して振り返ると、彩夏が口を半開きにしていた。

「大丈夫でしたか?」

「う、うん……。君、強いんだね。驚いちゃった」彩夏はまじまじと岳士の顔を眺める。

「ちょっと、ボクシングをやっているんで。それより、顔赤くなっていますけど……」

「あ、これ」彩夏は自分の右頰を指さす。「大丈夫大丈夫、これくらい慣れているから」

「慣れているって……」

「別れ話するたびに、今日みたいにキレられてさ」

「……毎回、殴られていたんですか」

岳士が低い声で訊ねると、彩夏は自虐的に微笑んだ。

「けど、君のおかげで助かっちゃった。これですっぱり別れられそう」

「でも、また戻ってくるかも」

「大丈夫。あいつ、弱い相手には強気だけど、強い相手にはなにもできないヘタレ」

彩夏は大きく伸びをする。タンクトップに包まれた胸の膨らみに目が吸い寄せられる。

『だから、視線に気を付けろって』

それまで黙っていた海斗が忠告する。いつの間にか、左手首から先の感覚も消えていた。

「あの、何か困ったことがあったら、すぐに教えてください。俺が何とかしますから」

「ありがと。……あれ？」

彩夏は体を前傾して岳士の首元に顔を近づける。柔らかそうな髪がふわりと揺れ、かすかに薔薇《ばら》の香りが鼻先をかすめた。

「どうか……しました？」心臓の鼓動が加速していく。

「……ラーメンの匂い」

「あっ、部屋でカップラーメン食べていたんで」

「ふーん、そんな大きな体しているのに、カップラーメンなんかで足りるの？」

「まあ、なんとか」

『おい、もういいだろ。他人との接触は最低限にしておけってば』

海斗が強い口調で言う。たしかにその通りだ。

「あの、ちょっとやることがあるんで失礼します」

後ろ髪を引かれつつも、岳士は身を翻して自分の部屋に戻る。玄関扉が閉まる寸前、

「本当にありがとうね」という声が滑り込んできた。

『満足かい、正義の味方さん』

「女の人が殴られていたんだぞ。助けるのは当然だろ」

『あのお姉さん以上に、僕たちの方が危機的状況にいるってことを忘れないでくれよ』

「忘れてねえよ。警察を呼ばれたら困るから助けた。それだけだ」

『どうだか。男を追っ払ったあともデレデレしてさ』

「デレデレなんかしてない！」

舌を鳴らすと、岳士は部屋に戻り机の前に座る。

『けど、お前ってああいうタイプが好みだっけ？　もっとこう、大人しそうな子の方が好きじゃなかった？』

からかうような海斗の言葉を聞いた瞬間、岳士の脳裏に三ヶ月前の思い出が蘇った。自分と同じ顔をした男が、黒髪の少女と川辺を並んで歩いている姿。足を止めた二人はごく自然に見つめ合い、そして……。

「うるさいって言っているだろ！」

岳士は机に右拳を振り下ろす。重い音が部屋に響き、続いて部屋が沈黙で満たされる。

『……悪い、……調子に乗りすぎたよ』

海斗の謝罪を黙殺した岳士は、無言でバインダーを眺めた。

居心地の悪い空気の中、岳士は早川が遺したメモの解読に全神経を集中させる。そうすれば、嫌なことを考えずに済んだ。殺人犯として追われていることも、三ヶ月前に目撃したあのショッキングな光景も、そして、そのあとに起こった悲劇も。

ページを捲《めく》っていく。やはり、文字が乱れすぎていて解読できない部分が多い。しかし、二、三十分メモを眺めていると、早川が何をしていたかはおぼろげながら見えてきた。

早川は『サファイヤ』の販売ルートの全容を解明しようとしていた。

「この『サファイヤ』ってなんなんだよ……」

鼻の付け根を揉む。細かい文字をずっと追っていたので、目の奥が重かった。

『少なくとも、宝石じゃなさそうだね』数十分ぶりに海斗の声が聞こえてきた。

岳士は「……ああ」と、ぶっきらぼうに答える。無視しようかとも思ったが、時間が怒りをいくらか希釈してくれていた。そのとき、不意にピンポーンという軽い電子音が部屋に響き渡った。岳士は慌てて振り返る。

「まさか……、さっきの騒ぎが通報されていて、警察が来たとか……」

『それにしては、あまりにも遅すぎると思うけど……』

海斗が自信なげにつぶやいたとき、再びインターホンの電子音が鳴った。岳士はゆっくりと椅子から腰を浮かす。

『出るつもりかよ?』

「相手が警察かどうかだけでも確認した方がいいだろ」

『警察だったらどうするんだ?』

「それは……」

三度、インターホンが鳴り響く。

「……まずは確認だ」

岳士は足音を殺しながら部屋を出て廊下を進み、玄関扉の前まで移動した。激しい心臓の鼓動を感じながら、扉に埋め込まれたレンズを覗き込む。外に立っている人物を見た瞬間、全身の力が抜け、その場にへたり込みそうになる。そこにいたのは、露出度の高い服を着た女性だった。

『さっきのお姉さんかよ。驚かせないでくれよ』

海斗の不満声を聞きながら、岳士はノブに右手を伸ばす。

『おい、開ける気か？』

「そりゃ、呼んでるんだからな」

『いいから、かかわるなって。それだけリスクが増すんだからさ。居留守を使いなよ』

鍵に手をかけたまま岳士は考え込む。たしかに海斗の言うとおりだ。けれど……。

岳士は無造作に鍵を回し、ノブを摑んだ。海斗が『おい⁉』と、驚きの声を上げる。

普段なら海斗の指示に従っただろう。しかし、数十分前から続く苛立ちが、岳士に逆の行動を取らせた。

「すみません、お待たせしちゃって。どうかしましたか？」

海斗に当てつけるように、岳士は愛想よく言う。

「さっきのお礼」

彩夏は微笑むと、両手で持っていた三段重ねのタッパーを差し出した。

「え？　お礼？」

「そう、若い子はちゃんとご飯食べないとダメだよ。簡単なものを作ってきてあげたから」

「はあ……」

勢いに圧倒された岳士が思わずタッパーを受け取ると、彩夏はにっこりと微笑む。

「ねえ、ちょっと上がってもいい？　ごはん、準備してあげるからさ」

「え？　ちょっと待ってください」

「いいじゃない。あ、それとも彼女でもいるの？」

「そんなのいませんけど……」

「それならオーケーね」彩夏は岳士の胸を両手で軽く押して玄関に入る。

『ちゃんと断れって！　部屋の中には資料もあるんだぞ！』海斗の鋭い声が飛ぶ。

「あの、ちょっと部屋が散らかっているんで……」

「散らかってても気にしないよ。あ、もしかして見られたくないものがある？　分かった、ここで待っているからしまってきていいよ」

「あ、あの……、それじゃあ……」

岳士はタッパーを持ったまま、廊下を戻り部屋に入る。

『なにやってるんだよ。これじゃあ、片付けたら入っていいみたいじゃないか』

「仕方がないだろ、いつの間にか話が進んでるんだから。東京の人って、こんな感じなのか」

彩夏に聞こえないよう、岳士は声をひそめる。

『あのお姉さんが馴れ馴れしいだけだ。迷惑だからって、早く追い返すんだ』

海斗が苛立たしげに言うと、玄関から「もう片付いた？　上がってもいい？」という声と、廊下を歩く音が聞こえてきた。

『資料を隠すんだ！』

海斗が叫ぶ。岳士が慌てて机に駆け寄り、散乱していた写真やバインダーを抽斗に押し込んだとき、扉が開いた。岳士は手にしていた、エメラルドブルーの液体が入っている小さな容器をジーンズのポケットにねじ込んだ。

「お邪魔しまーす」

『なんなんだよ、この人。遠慮がなさすぎだろ』

海斗が苦々しくつぶやくなか、彩夏は部屋を見回す。

「備え付けの家具以外、ほとんどなにもないんだね」

「……引っ越してきたばかりなんで」

緊張しつつ岳士が答えると、彩夏は部屋の中心に置かれたローテーブルにタッパーを置き、廊下にあるキッチンに戻る。

「食器借りるね」

収納から備え付けの食器を取り出し、それを軽く水洗いして持ってきた彩夏は、ローテーブルの脇に座ると手際よくタッパーの中身を食器に移し替えていく。

「はい、どうぞ」

テーブルに肉じゃがとから揚げ、そして白米が並び、食欲を誘う香りが部屋を満たしていった。岳士はどうしていいのか分からず、左手を見下ろす。

『……食べなよ。なんだか知らないけどこのお姉さん、お前を餌付けするまで居座りそうだ。だったら、さっさと食べて帰ってもらいなって』

「そ、それじゃあ……。遠慮なく」

岳士は彩夏の対面に腰を下ろし、「いただきます」と彩夏から受け取った箸を肉じゃがに伸ばす。口に含んだ瞬間、ジャガイモがほろりと崩れた。優しい味が舌を包み込んでくれる。

うまかった。それ以上にどこか懐かしかった。東京にやって来てから、いや『あの事故』があってから、一度もこんな優しい味の食事をしたおぼえがなかった。岳士は茶碗を片手に持つと、料理を口にかきこんでいく。その様子を彩夏は目を細めて眺めていた。

料理を全て平らげた岳士は大きく息を吐く。

「ほら、やっぱりカップラーメンなんかじゃ足りなかったでしょ」

彩夏はキッチンの隅に置かれている小型の冷蔵庫を勝手に開けると、中から緑茶のペットボトルを二本取り出し、一本を岳士に手渡す。

「あ、どうも」

『どうもじゃないよ。勝手に人の家の冷蔵庫開けてさ。このお姉さん、常識なさすぎだろ』

海斗がぶつぶつとつぶやくなか、彩夏ははにかんだ。

「また時々作ってあげるよ。せっかく隣に住んでるからさ」

「そんな……。悪いですよ」

岳士が胸の前で軽く右手を振ると、彩夏は真剣な表情になり、身を乗り出してきた。

「そんなことない！　助けてもらったのに！」

その剣幕に岳士は思わず口をつぐむ。はっとした表情になった彩夏は、小さく咳ばらいをして俯《うつむ》くと、岳士の顔を上目遣いに覗き込んでくる。

「この何ヶ月、ずっとあいつが怖かったの。これまでも時々殴られたりしたけど、今日は普段の比じゃないくらい怒り狂っていた。君が助けてくれなかったら、どうなっていたか……」

両手で自らの肩を抱きながら、彩夏は細かく震える。

「誰も助けてくれないと思った。これまで、周りの人は見て見ぬふりだったから。だから、君が助けてくれたとき凄く嬉しかったの。なんていうか、ヒーローが来てくれたみたいだった」

「そんな……」気恥ずかしくなって岳士は目を伏せる。

「だから、お礼したかったんだ。それに、お隣さんなんだし、できれば仲良くしたいじゃない。あ、そういえばさ、まだ君の名前訊いていなかったよね。教えてくれる？」

「名前？　岳士です。山岳の『岳』に、武士の『士』」

海斗の『あっ、馬鹿！』という声が響いた。ミスに気付き、岳士は顔を歪める。せっかく身を隠すための偽名を手に入れたというのに、思わず本名を名乗ってしまった。

「たけ……し……？」

彩夏はたどたどしくつぶやく。その瞳は焦点を失い、遥か遠くを見ているかのようだった。

「そ、そうですけど……、どうかしましたか？」

ただならぬ様子に戸惑いながら訊ねると、彩夏ははっと我に返ったような表情を浮かべる。

「う、ううん。なんでもないんだ。そっか、岳士君っていうんだ。何歳？」

「えっと、……二十一歳です」

今度は手に入れた偽の身分証の年齢を言うが、もはや焼け石に水だった。

「二十一歳か。私より六つ下なんだ。大学生なの？」

彩夏の続けざまの質問に、岳士は「まあ……」と言葉を濁す。

「あっ、ごめんね、調子に乗っちゃって。それじゃあ、これ洗ったらお暇《いとま》するからさ」

彩夏は空になった食器を重ねていく。

「あ、いいですよ。自分で洗いますから」

岳士が腰を浮かしかけた拍子に、ポケットにねじ込んでいたプラスチック容器が床に転がった。彩夏は足元に転がった容器を拾うと、それを顔の前に持っていく。不思議そうにまばたきしながら、彩夏はエメラルドブルーの液体が入った容器を軽く振った。

「それは……」

誤魔化《ごまか》そうとすると、彩夏の顔にどこかいやらしい笑みが広がっていった。

「なんだ、こんなもの隠し持っているなんて。まじめそうな顔して、けっこう遊んでいるんだ」

「え？　なんのことです？」

「いいのよ、惚《とぼ》けなくたって。警察にちくったりするほどヤボじゃないからさ。けど、いい趣味してるよね。一人で使ってるの？　それとも、誰かと一緒に使う気だったの？」

彩夏は含み笑いを漏らしながら、意味ありげな視線を送ってくる。

『おい、このお姉さん、それが何だか知っているみたいだぞ。すぐに訊くんだ！　早く！』

「あの、桑島さんは知っているんですか？　その容器に入っているものがなにか？」

「もちろん知っているよ。私だって、真面目な良い子ちゃんってわけじゃないんだから」

彩夏は艶っぽい流し目をくれると、淡い色の液体が揺れるプラスチックの容器に唇を当てた。

「サファイヤでしょ」

8

「サファイヤ⁉」

岳士が声を上げると同時に、海斗も『サファイヤ⁉』と叫んだ。

「なに？　どうしたの、大きな声を出して」彩夏は目をしばたたかせる。

「それが『サファイヤ』なんですか？」

「え、違うの？　サファイヤに見えるんだけど……」彩夏が首をすくめるように頷いた。

『サファイヤがいったい何なのか訊くんだ！』海斗の指示が響く。

岳士はあごを引き、「そのサファイヤって、なんなんですか？」と訊ねた。

「え？　知らないの？　持っているのに？」彩夏はアイシャドーを引いた目を大きくする。

「いえ、ちょっと知り合いに押し付けられて……」

しどろもどろに言うと、彩夏の目が不審げに細められた。

「その知り合いは、これが何だか教えてくれなかったの？」

「はあ、まあ……」

「まあいいけどさ。これは、最高に気持ちよくなれるお薬。合法ハーブとかいうんだっけ」

「合法ハーブ？」岳士は聞き返す。

『危険ドラッグってやつだよ。法律上では禁止されていない成分で麻薬みたいな効果が得られるクスリだ。ただ、たんに禁止薬物と少し化学構造を変えて法の網の目をかいくぐっていたってだけだから、めちゃくちゃトリップしたり、健康被害が出たりとかするらしいね』

海斗の説明を聞きながら、岳士は彩夏が持つ容器を指さした。

「それを飲むと、気持ちよくなれるんですか？」

「あれ、岳士君、まだ使っていないんだ」

「……桑島さんはあるんですか？」

「言ったでしょ、私も良い子じゃないって。もちろん経験済み」

彩夏は赤い舌でプラスチックの容器を舐める。その官能的な仕草に、岳士は思わず視線をはずしてしまう。

「どうなるんです、それを飲んだら？」

「……とっても気持ちよくなるの。……とっても」

彩夏は熱にうかされたような口調でつぶやく。

「おなかの中から熱くなっていく。自分と周りとの境界線がなくなって、自分が融けていくような気がするの。温かい液体のなかに浮かんでいるような感覚になる」

恍惚《こうこつ》の表情で天井あたりに視線を彷徨《さまよ》わせていた彩夏は、蕩《とろ》け切った目付きを岳士に向けた。

「一人でトリップするのも気持ちいいけど、もっと最高なことがあるの。なんだと思う？」

「な、なんですか？」

頬を上気させた彩夏に視線を奪われながら、岳士はかすれ声でつぶやく。

「サファイヤを飲んだあと、……ヤるの」

「ヤるって……」

岳士が唾をのみ込むと、彩夏は忍び笑いを漏らした。

「やだ、決まっているじゃない、セックスよ」

あまりにも直接的な答えに、岳士は言葉を失う。

「サファイヤが効いた状態でセックスすると、本当に最高なの。もうどこからが自分で、どこからが相手の体なのか分からない。一緒に融けて混ざっちゃうの。あれを経験したら、普通のなんて全然つまらなくなっちゃうわよ」

「は、はあ……」

呆けた声を漏らす岳士を見て、彩夏は小悪魔的な笑みを浮かべる。

「言葉で説明しても伝わらないよね。せっかくここにあるんだし、……二人で使ってみる？」

彩夏は両手をローテーブルに載せて身を乗り出すと、岳士の耳元で囁く。柔らかい彩夏の髪が頬をくすぐった。

この人と……。身を焦がすような欲求が胸の中で暴れまわる。

なんと答えていいか分からぬままに口を開きかけたとき、彩夏が吹き出した。

「冗談だって、そんな怯えた顔しないでよ。会ってすぐの男の子に手を出したりしないって」

彩夏はけらけらと笑うと、岳士の肩を平手で叩いた。

「そ、そうですよね……」内心の失望を悟られまいと、岳士は媚びるような笑みを浮かべる。

「まあ、そういう気持ちよくなれちゃうお薬ってわけ。一人でトリップしたい人とか、カップルでのお愉《たの》しみに使う人、あとは……」

どこか自虐めいた表情を浮かべながら、彩夏は容器を放った。

「なにもかも忘れちゃいたい人かな」

「なにもかも……」岳士は放物線を描いて飛んできた容器をキャッチする。

「そう、それを飲めば、嫌なことを忘れられる。どんなつらいことがあっても、それを忘れて幸せな気分になれる……」

彩夏の説明を聞きながら、岳士は容器に入った液体を眺める。

すべて忘れられる。殺人犯として追われていることも、ブレザー姿の少女のことも、そして、三ヶ月前に起こったあの事故のことも……。

『おい、まだ訊くことがあるだろ』

海斗に促され、岳士は我に返った。

「あの、桑島さん……。このサファイヤってクスリは、どこで手に入れられるんですか？」

『そう、それだよ、重要なのは』海斗が合いの手を入れてくる。

殺害された早川は、このサファイヤの販売ルートを追っていた。それを解明すれば、早川を殺した真犯人にたどり着けるかもしれない。

「え？　なんでそんなこと知りたいの？」

彩夏は小首をかしげながら、至極当然の疑問を口にする。なんと答えれば納得してもらえるか十数秒頭を絞ったあと、岳士は口を開いた。

「……忘れたいことがいっぱいあるんです。……忘れたいのに忘れられないことが」

脳裏に燃え盛る炎が蘇り、嘔気《おうき》をおぼえた岳士は口元を押さえる。彩夏は数秒間、考え込むそぶりを見せたあと、腕時計に視線を落とす。

「結構遅いし、いまからだと徹夜になっちゃうなぁ」

「徹夜？」

岳士が首を捻ると、彩夏は豊満な乳房の前で両手を軽く動かした。

「岳士君さ、ダンスは好き？」

9

爆音が鼓膜を殴りつけ、無数のレーザーが薄暗い空間を切り裂いていく。霧のようにフロアに漂う煙草の煙に、岳士はせき込んだ。

「クラブに来るのは初めて？」

隣に立つ彩夏が怒鳴るように言う。そうしないと、大音量のダンスミュージックのせいで会話をすることすらできなかった。岳士は異次元の空間に圧倒されつつ頷いた。

一時間ほど前、『サファイヤ』の入手方法をたずねると、彩夏は「じゃあ、行ってみようか」と言い出した。一度自分の部屋に戻って準備をしてきた彩夏は、状況が把握できていない岳士を連れて川崎駅から電車に乗り、途中地下鉄に乗り換え、六本木のはずれにあるこのクラブの地下フロアまでやって来た。

ブラックライトに照らされたバスケットコートほどの空間で、数十人の若い男女が一心不乱に踊っている光景は、Ｂ級ＳＦ映画を彷彿させた。

彩夏は「こっち」と岳士の手を取ると、フロアの隅にある小さなバーカウンターへと連れていく。長身の中年バーテンダーが、踊り疲れた客に酒を渡していた。この一角はスピーカーから離れているため、なんとか普通に会話ができる。

「おっ、彩夏ちゃんじゃん」彩夏を見つけたバーテンダーは小さく手を振る。

「久しぶりに来ちゃった。生二つお願い」

　彩夏はバーテンダーに向けてピースサインをすると、もう一方の手でホットパンツのポケットから千円札を二枚取り出し、カウンターに置く。

「オーケー。そっちの彼、初顔だね？　新しい彼氏かい？」

　バーテンダーはビールが注がれたグラスを彩夏に渡す。

「まあ、そんなとこかな」

　適当に答えつつ彩夏はグラスを受け取ると、バーテンダーになにか囁いた。バーテンダーは「了解」と、唇の端を上げる。

「行こ」

　彩夏は岳士を連れて少し離れた位置へと移動すると、壁に背中をもたせかけながら、「はい」とグラスを差し出してきた。

「あっ、俺、酒は……」

「なに言っているの。ほら、さっさと受け取って」

　彩夏に押し付けられ、岳士はグラスを受け取る。

「とりあえず乾杯！」

　彩夏がグラスをぶつけてきた。岳士はグラスの中で泡を立てている黄金色の液体を眺める。一度、ボクシング部の仲間の家で隠れてビールを飲み、その苦みに辟易《へきえき》したことがある。しかし、いまは二十一歳ということになっている。ここで飲まないと不自然かもしれない。

覚悟を決めてグラスに口をつける。口腔内に広がった強い苦みに、岳士は顔をしかめた。

「違う違う」

彩夏は笑いながら言ってビールを一気にあおると、満足げに息を吐いた。

「ビールは一気に胃まで流し込んで、喉越しと後味を楽しむの。ほらやってみなって」

彩夏は岳士の持つグラスに手を添えてくる。仕方なく、言われた通りにビールを喉の奥に注いだ。炭酸の刺激が喉、そして食道を落ちていく。それが思いのほか心地よかった。口の中にはかすかに苦みが残るが、不快ではなく、爽やかですらあった。岳士はまじまじとグラスに残る液体を眺める。

「大人の階段、一歩上ったかな？」

からかうように言うと、彩夏は見せつけるようにグラスに残っていたビールを飲み干した。

「岳士君ってさ、本当はいくつなわけ？」

彩夏に問われ、心臓が大きく跳ねる。

「え？　だから二十一歳って……」

「ふーん……。ま、いっか。そういうことにしておいてあげる」

彩夏は皮肉っぽく口角を上げた。岳士は内心の動揺を誤魔化そうと、ビールを呷《あお》っていく。

「よし、景気づけは済んだし、とりあえず踊ろうか」

彩夏は岳士のグラスを受け取り、カウンターに戻した。岳士が「あの、サファイヤは……」と訊ねると、彩夏は慌てて口の前で人差し指を立てる。

「大きな声で言っちゃダメだよ。『それ』が来るのを待つ間、せっかくだから踊っていようよ」

岳士の手を取ると、彩夏はフロアの中心に向かって進んでいく。

『本当に、強引なお姉さんだね』

大音量のダンスミュージックの中、海斗のグチが聞こえた。

フロアの中心に近づくにつれ、人口密度が上がっていく。くるりと身を翻して岳士と向き合い、軽くステップを踏みはじめた彩夏は、顔を近づけて「ほら、岳士君も」と囁《ささや》いてくる。

「いや、ダンスなんて……」

「適当でいいんだよ。体を揺らしてさ」彩夏は挑発するように体をくねらせた。

岳士は仕方なく、見よう見まねで踊りはじめる。最初のうちはうまく足が動かずぎこちなかったが、体を振っているうちに上半身と下半身のリズムが合ってくる。

「なかなか様になってるじゃん」

彩夏がウインクをする。岳士は調子に乗って、体の動きを大きくしていった。

アップテンポのダンスミュージックが充満し、眩《まばゆ》いレーザーが走る空間で踊っていると、現実感が希釈されていく。さっき飲んだビールのせいか、顔が火照り、気分が高揚してきた。

ブラックライトに浮き上がる汗ばんだ彩夏の顔は魅力的だった。目を細めた彼女と視線が融けあう。そのとき、二人の間に男が割り込んできた。

体格のいい若い男は岳士を振り返り、小馬鹿にするように鼻を鳴らすと、彩夏に向き直って体を揺すりはじめる。男が彩夏に何か言うが、大音量の音楽のせいで声は聞こえなかった。

『ナンパされているみたいだね』興味なげに海斗がつぶやく。

男の手が彩夏の腰に伸びる。彩夏は一瞬唇を歪めるが、その手を振り払うことはせず、岳士に挑発的な視線を向けてきた。その意味を理解した岳士は口元に力を込める。

岳士は男の肩に手を伸ばすと、無造作に後方に引いた。彩夏から引き剝がされ、二、三歩よろけた男が顔を歪めて睨んでくる。それを無視して彩夏に近づくと、彼女は両手を首に回してきた。男に一瞥をくれながら、彩夏は「どこか消えて」とでも言うようにくいっとあごを反《そ》らす。男は渋い顔で離れていった。

「岳士君、格好いいね」

岳士の首に手を回したまま、彩夏はまたステップを踏みはじめる。そのとき、唐突に音楽が変わった。激しいダンスミュージックから一転して、ジャズの落ち着いた旋律が流れてくる。空間を切り裂いていた色とりどりのレーザーも消え、薄暗いフロアにしっとりとした空気が満ちる。辺りを見回すとそれまで激しく踊っていた男女が身を寄せ合っていた。

「これって……?」

戸惑っていると、彩夏は首に回していた手を引きつけ、体を押し付けてくる。

「腰に手を回して」

耳朶《じだ》に吐息がかかり、妖しい震えが背中に走る。

「早く」

促された岳士は、慌てて両手を細い腰に回した。いつの間にか、左手首から先の感覚がある。気を利かせてなのか、それとも呆れてなのか、海斗が権利を譲ってくれたらしい。

彩夏は導くように、ゆっくりと体を左右に揺らしはじめる。岳士は見よう見まねでそのリードに身を任せた。豊満な乳房が体に押し付けられる。首筋に触れる彩夏の腕はかすかに汗ばんでいた。密着している火照った体の柔らかさに、頭に血が上っていく。

「どう、はじめてのクラブは。結構楽しいでしょ」

「あ、あの……」岳士はかすれ声を絞り出す。

彩夏は「なぁに?」と小首をかしげた。

「なんで俺をここに連れてきたんですか」

岳士は周りで踊っている者たちに聞こえないよう、声を押し殺す。

「なんでって、君が言ったんじゃない。『あれ』がどこで買えるのかって」

「そうですけど、わざわざ連れてきてくれなくても。買える場所を教えてくれれば……」

「ビールもまともに飲めないような子が、ここで上手く立ち回れるわけないでしょ」

「……どうして、ここまでしてくれるんですか？　今日初めて会ったのに」

「今日初めて会った君が、私を助けてくれたから。誰かがあんなふうに助けてくれるなんて信じられなかった。都会では、誰も危険を冒してまで他人を助けようとなんてしない。けど君は違った」

彩夏は岳士の鎖骨あたりに額をつける。岳士は無言のまま、彩夏のセリフに耳を傾けた。

「この都会にいると、いつの間にか自分が消えちゃいそうで……、なくなっちゃいそうで……、すごく怖いの。けど、すごく怖いから、もうそんな怖い思いしたくないから、消えてなくなっちゃいたいとも思う」

消えてしまいたい。その言葉が胸を抉る。それはこの三ヶ月、ずっと自分も抱いていた気持ちだったから。岳士は彩夏の腰に回していた腕に力を込める。彩夏の口から、かすかに吐息が漏れた。顔を上げた彩夏が、潤んだ瞳で岳士を見る。

「君に助けてもらったとき、少しだけ孤独じゃないのかもと思えた。だから、お礼をしたかったんだ」

「孤独なんかじゃないですよ。俺がいるじゃないですか」

ごく自然に、その気障な言葉が口から零れた。彩夏の瞳孔が開くのがはっきりと見えた。

「ビールも飲めなかったくせに、生意気」

彩夏は再び岳士の肩口に顔をうずめる。二人は体に染み入ってくるジャズの旋律に身をゆだねた。


DJがチークタイムの終わりを告げ、再び爆音とレーザーが戻ってきた。彩夏は岳士から体を離すと、親指を立ててフロアの隅を指さす。あちらの方に移動しようということらしい。

腕に残る温かさに少し後ろ髪を引かれつつ、岳士は彩夏とともにさっきビールを飲んだ辺りに移動する。

「楽しかったね、けっこうどきどきしちゃった。さすがボクサー、いい体しているね」

彩夏は照れ隠しなのか、おどけて舌を出す。

「それで、この後はどうするんですか?」

「始発が動くまで踊り続けるに決まってるじゃない」彩夏は屈伸運動をする。

「え、朝までって……」

「だって、帰ろうにももう終電ないよ。タクシーで川崎まで帰ったら、一万円以上かかるし。若いんだから、徹夜ぐらい大丈夫でしょ。今日は楽しもうよ」

「いや、遊びに来たわけじゃ。ここには……」

サファイヤを、と続けようとしたとき、彩夏は人差し指で岳士の唇に触れ、言葉を遮る。

「分かってるって、だからそっちはさっさとすましちゃお」

彩夏は唇から指をはなすと、岳士の背後をさした。振り返ると、いつの間にかすぐ後ろに鋭い目つきの男が立っていた。右眉からこめかみにかけて、刃物で切ったような傷跡がある。

「……いくつだ?」男は押し殺した声で言う。

岳士が「は?」と声を漏らすと、男は苛立たしげにかぶりを振った。

「だからいくつ必要なんだ?」

岳士が戸惑っていると、彩夏が「五千よね」と声を上げる。男は警戒するように周囲に視線を送りながら、小さく頷いた。

「それじゃあ、これだけ」

彩夏は手を下げたまま、指を四本立てる。それを見た男は、なにも言わずに人込みの中に消えていった。

「桑島さん、いまのって……?」

「いいから、ここで待っていて。あっ、喉渇いたよね。またビールでいいよね？」

彩夏は岳士の答えを聞く前にバーカウンターに向かって離れていく。

『クラブでダンスか。ずいぶん都会人ぽくなったね』海斗が皮肉っぽく言った。

「サファイヤの入手方法を教えてもらうためだよ」

『それにしてはずいぶん楽しそうだったぞ。きれいなお姉さんとチークダンスなんかしてさ』

「うるさいな」

『まあ、今夜のことはしかたないけど、あのお姉さんとあまり親しくなりすぎない方がいいよ。真犯人を見つけるまでは、他人との接触は最低限にするべきなんだから。それに……』

「それに、なんだよ」

『あのお姉さん、なんとなく信用できないんだよね。ああいうタイプにはかかわらない方がいい。とくにお前みたいな単純なタイプは』

自分が単純だということは自覚していたが、それでも苛立ってしまう。反論しようとするが、その前に『お姉さん、戻ってきたぞ』と海斗が言った。振り返ると、両手になみなみとビールが注がれたグラスを持った彩夏が背後に立っていた。

「はい、岳士君。どうぞ」

「どうも……」

差し出されたグラスを受け取ると、彩夏は「では、あらためて乾杯」とグラスを掲げる。岳士は彩夏のグラスに自分のグラスをぶつけ、返す刀で冷えたビールを一気にあおった。火照った体が冷えていき、炭酸がのどを刺激する。まだうまいとは思えなかったが、この爽快感は心地よかった。

「おっ、様になってきたじゃない」

自分もビールを飲みながら、彩夏はホットパンツのポケットから何かを取り出すと、「はい、プレゼント」と、岳士の左手に押し付けてきた。

『なんなんだよ……』

海斗はぶつぶつとつぶやきながら、岳士の顔の前で指を開いた。岳士は息を呑み、海斗も『え?』と驚きの声を上げた。そこには、エメラルドブルーの液体が入ったプラスチック容器が四つ載っていた。

「だめだよ、そんなに大っぴらに広げちゃ」

彩夏に言われ、海斗が素早く容器をジーンズのポケットにねじ込む。

「これ、サファイヤですよね。どうやって……?」

岳士が声を潜めて訊ねると、彩夏はバーカウンターに立つバーテンダーに一瞥をくれた。

「あのバーテンが仲介してくれるのよ。あそこなら、お金を渡しても目立たないでしょ」

見るとバーカウンターのそばに、さっき声をかけてきた傷の男がいた。

男がバーテンダーにサファイヤを渡し、彩夏がビールと一緒にそれを買ったのだろう。歩き出した傷の男の姿が、踊っている男女の群れの中に消えていく。

『追うんだ！』

海斗の声が響くと同時に、岳士はグラスを彩夏に押しつけ、床を蹴った。背後から「あっ、岳士君？」という彩夏の声が聞こえてくる。

人の波をかき分けながら階段にたどり着き、一階に上がった。そこでは地下で踊り疲れた多くの人々が酒を飲んでいた。しかし、傷の男の姿は見えない。

『外に出ろ！』海斗の指示が飛ぶ。

岳士はクラブを飛び出し、せわしなく左右を見まわす。入り口に立っている巨体のバウンサーが訝しげな視線を向けてきた。

数十メートル先で傷の男が細い路地に入ろうとしているのを見つけ、岳士は慌ててそのあとを追う。路地を進んでいくと、足音に気付いたのか傷の男は足を止め、振り返った。

「……さっきの客か。なんの用だ？　取引は終わっただろ」

「いえ、それは……」

岳士は言葉に詰まる。早川殺害犯につながる手がかりだと追いかけてきたが、このあとどうするかまで頭が回っていなかった。そのとき、海斗が囁いてくる。

「なに言って……？」岳士は戸惑って左手を見下ろした。

『いいから、言われたとおりにしろ』

海斗に強い調子で促された岳士は顔を上げ、傷の男を見る。

「俺を雇ってくれませんか？」

岳士は、海斗に指示された通りのセリフを口にした。男の眉間にしわが寄る。

「なに言ってんだ、お前？」

「だから、俺をグループに入れてくれませんか？　どんな仕事でもやりますから」

なかばやけくそになりながら、岳士は海斗に指示されるままに言う。

「お前になにができるっていうんだよ」男は虫でも追い払うように手を振った。

「どんな危険なことでもやります。腕には自信がありますから」

「腕に自信が？」

唇の端を上げながら近づいてくると、男は岳士の体を舐めるように見る。

「たしかに、なかなかいい体してるな。なにか格闘技かじっているのか？」

「はい」

岳士が「ボクシングを」と続けようとした瞬間、男は矢のような前蹴りを放ってきた。

不意を突かれ、反応できない。革靴のとがったつま先が鳩尾《みぞおち》に叩きこまれる寸前、左手が動き、蹴りを内側からはたく。ベクトルをずらされた蹴りは岳士の体のわきを通り過ぎた。

一瞬バランスを崩した傷の男のあごに、左拳がすっと添えられる。

「……ボクサーかよ」

あごに拳を突き付けられたまま、男は苦々しくつぶやく。そのとき、路地に「岳士君！」と声がひびいた。振り返ると、彩夏が小走りで近づいてきていた。

『ああ、邪魔しないでくれよ』

海斗が苛立たしげに声を上げながら、拳を引く。

「急にいなくなったからびっくりしたじゃない。なにか用事が……」

傷の男に気付いたのか、彩夏は口をつぐんだ。鼻を鳴らした男は、岳士に肩をぶつけてすれ違うと、足早に路地から去っていく。

「あんまりかかわらない方がいいよ。危ない奴らなんだから。あくまでお客さんとして接しないと。とりあえず、クラブ戻って踊ろ。まだ始発までは時間あるしさ」

彩夏に右腕をつかまれて引きずられる岳士に、海斗が『これ見なよ』と声をかけてくる。視線を落とした岳士は目を見開いた。

『さっき、すれちがうときに、あの男が押し付けてきたんだよ』

左手につままれた名刺サイズの紙には、携帯電話の番号が記されていた。

第二章　蒼い誘惑

1

真夏の太陽が容赦なく照り付けてくる公衆電話のボックス内は、サウナのように蒸し暑かった。頬や首筋を絶え間なく流れ落ちていく汗を右手で拭《ぬぐ》う。彩夏《あやか》に連れられて六本木のクラブに行った翌日の午後四時過ぎ、岳士《たけし》は川崎の路地にある電話ボックスにいた。

結局、朝まで彩夏に付き合って踊っていたので、マンションに帰宅したのは朝七時過ぎだった。「一緒にシャワー浴びる?」などとからかってくる彩夏と別れて自室に戻った岳士は、そのままベッドに倒れ込み、泥のように寝た。そして午後三時ごろに目を覚まし、シャワーを浴びて汗と煙草の匂いを洗い流すと、電話をかけるためにマンションを出たのだった。

『暑いのは分かるけど、集中しなよ。部屋じゃ壁が薄くて、こんなやばい電話できないんだからさ』

受話器を持っている海斗《かいと》が話しかけてくる。岳士は「分かっているよ」と、百円玉を投入口に入れ、メモ用紙に記されている携帯電話の番号を打ち込んでいった。

呼び出し音が五回ほど響いたあと、コール音が唐突に消えた。おそらく相手が出たのだろう。しかし、受話器から声は聞こえなかった。

『ちゃんと繋《つな》がっている。息遣いが聞こえるだろ』

海斗に指摘され、岳士はかすかな呼吸音が受話器から聞こえていることに気づいた。

「あ、あの。聞こえていますか？」

確認すると、若い男の低く抑えた声が聞こえてきた。

「どこに、いくつだ？」

意味が分からず、「え……、いや……」としどろもどろになる。大きな舌打ちが響いた。

「だから、どこに何本持っていけばいいんだよ」

『僕たちを客だと思っているらしいね』

海斗のつぶやきで、岳士は状況を理解する。

「あの、薬が欲しいわけじゃなくて。昨日の……」

「……ボクサーのガキか？」

「はい、そうです！」

「でかい声出すんじゃねえよ。で……昨日の話は本気か？　俺たちのチームに入りたいって」

「はい、本気です！　お願いします！」

数秒黙り込んだあと、男はつぶやいた。

「二時間後、六本木に来い。面接してやる」

男は「メモしろよ」と言うと、チェーン店のカフェの名前と住所を早口で言った。岳士は電話機の上にあらかじめ用意していたボールペンで、メモ用紙にそれらを記していく。

「場所と時間、分かったな」

なんとか住所を走り書きした岳士が「はい」と答えると同時に、回線が遮断された。

『あわただしい男だね』

海斗が受話器を戻す。メモ用紙を折りたたんでジーンズのポケットにねじ込むと、岳士は電話ボックスを出た。止め処《とど》なく噴き出してくる汗に辟易《へきえき》しつつ、岳士は左手に視線を向ける。

「どうする？」

『決まってるだろ。虎穴にいらずんば虎子を得ずだよ』

「だよな」

首筋を拭った岳士が、駅に向かおうとすると、左手が顔の前にかざされて視界を遮《さえぎ》った。

「なんだよ」

『とりあえず、部屋に戻ってもう一度シャワー浴びて、シャツも替えなって。一応、面接なんだから、汗くさいのはよくないよ。たとえやばいお仕事だとしてもね』

煙草を指先に挟みながら、男は白い煙を吐き出す。向かいの席でオレンジジュースをすすっていた岳士は、わずかに咳き込んだ。

「なんだよ、お前。煙草も吸えねえのかよ」男は小馬鹿にするように鼻を鳴らした。

「関係ないでしょ。それより、面接ってこんなところでやるんですか？」

岳士は辺りを見回す。指定されたカフェは、高層ビルが立ち並ぶ一角にあった。同じ六本木でも、昨日訪れたエリアとは雰囲気が違う。店にいる客の多くは高級感のあるスーツを着込んだビジネスマンや、上品なＯＬたちだ。Ｔシャツにジーンズ姿の岳士や、ジャケットこそ着ているが、どこか危険な雰囲気を醸《かも》し出している目の前の男は、明らかに浮いていた。

「ここだからいいんだよ。あのお高くとまっている奴らは、ほとんど煙草を吸わねえからな。こっちの喫煙エリアには、いつも客がいねえ」

男の言うとおり、店はそれなりに混んでいるのだが、ガラスで仕切られた喫煙エリア内には岳士と男以外の客はいなかった。

「つまり、内緒話をするにはちょうどいい場所ってわけだ」

男は灰皿に煙草を押し付けて消すと、「で、お前、名前は？」と、唐突に訊ねてきた。

『亮也《りょうや》だ。それだけ答えろ』

岳士が口を開く前に海斗が、いま使っている偽名を告げるように指示する。

「……亮也です」

「リョーヤねえ。俺はカズマだ。まあ、お互い偽名っぽいけど、そこはあまり気にしないでおくか。素性は知らない方がなにかと安全だからな」

カズマと名乗った男は、皮肉っぽく口角を上げると、新しい煙草に火を点《とも》す。

「で、お前。なんで俺たちのチームに入りたいんだよ」

「金ですよ。金が欲しいからです」

岳士は迷うことなく答える。川崎からここまでくる間、どんな質問を受けてもボロを出さないよう、海斗とシミュレーションを繰り返していた。

「それなら真面目に働きゃいいじゃねえか」

「時給何百円でこき使われろって言うんですか。そんなのごめんです。そもそも、学校もまともに出てない俺を雇ってくれるところなんてほとんどないんですよ。けれど、あなたたちみたいな仕事なら学歴なんてなくても、大金を稼げる可能性がある」

「まあ、たしかに俺たちの仕事に学なんて必要ねえな」

カズマは唇を歪《ゆが》めると、視線を鋭くする。

「だけどな、そう簡単に大金が入るわけじゃねえんだよ。いいか……」

「最初は下働きから。それで、チームに貢献していけばのし上がっていける。違いますか？」

岳士はカズマの言葉を遮ると、前もって海斗に指示されていたセリフを吐く。カズマは苦々しい表情を浮かべて「そうだ」とつぶやくと、身を乗り出して岳士のTシャツの胸元を摑《つか》んだ。

「ただな、二度と俺の言葉を遮るな。うちのチームじゃ上下関係は絶対だ。分かったな」

「……分かりました」

岳士が頷《うなず》くと、カズマは反《そ》り返るように椅子の背もたれに体重をかけた。

「お前がうちに入りたい理由は分かった。で、俺たちがお前を入れる理由はなんだ」

「昨日、見せたじゃないですか」

岳士は軽く右手で拳《こぶし》を作って、胸の前にもってくる。昨夜の記憶が蘇《よみがえ》ったのか、カズマは苦虫を嚙み潰したような表情で、テーブルに置いていたコーヒーをあおった。

「たしかにお前は、なかなかいい腕をしてる。それにうちはいま勢力拡大中でな、兵隊を募集しているところだ」

岳士が「じゃあ」と腰を浮かすと、カズマは掌を突きだしてきた。

「焦るなよ。すぐに仲間になれるほどうちのチームは甘くねえ。試験させてもらう」

カズマはテーブルに置いたクラッチバッグを手に取ると、岳士に向けて無造作に放った。

「中身を見てみろ。ゆっくりな」

ジッパーを開いて中を見た岳士は息を呑んだ。そこには、エメラルドブルーの液体で満たされた小さなプラスチック容器が十数本収められていた。

「それがなんだか分かるな？」

「サファ……」

「口に出すんじゃねえ、馬鹿！　頷きゃいいんだよ」

カズマに一喝され、岳士は慌てて小さく頷く。

「ったく。どこで誰が聞いているか分からねえんだから、気を抜くんじゃねえよ」

「でも、これって違法なものってわけじゃないって聞いたんですけど……」

「いつの時代の話をしているんだよ？　ここ数年でこの手のやつはあらかた規制されちまっている。持っているところをサツに見つかったら、問答無用で逮捕だ」

頬を引きつらせる岳士に、海斗がつぶやく。

『まあ、そりゃそうだろうね。じゃなきゃ、昨日みたいな面倒な買い方する必要はないし』

分かっているなら、最初から言えよ。胸の中で悪態をつきながら、岳士はクラッチバッグを周りから見えないように膝の上に置く。

「それで、俺は何をすればいいんですか?」

「それを持ってろ」カズマは天井に向かって煙草の煙を吐いた。「これからちょっと野暮用があるんだけどよ、俺はこのなりだ。サツに職質されやすい。『商品』を持って歩くわけにはいかない。だから預かってもらいたいんだよ」

「俺にってことですか?」

「ああ、そうだ。お前はガタイはいいが、あか抜けてねえし、なんとなくガキっぽいからサツに目をつけられにくい。おあつらえ向きだ」

カズマはジャケットの内ポケットから小さい携帯電話を取り出し、テーブルの上に置いた。

「それは、裏で取引されているプリペイド携帯だ。契約者は俺たちとは全く関係ない奴になっている。連絡はそれに入れるから、持っておけ」

早口で説明しつつ、カズマは腰を上げる。

「それを持って六本木のどこかで待機してろ。俺から連絡があったらすぐにそれを持ってくるんだ。分かったな」

喫煙エリアから出て行くカズマに、岳士はただ頷くことしかできなかった。カズマの姿が見えなくなると、岳士はいつものように合皮のライダーグローブを嵌《は》めている左手を見下ろす。

「……どうする?」

『どうするって、言われた通りにするしかないだろうね。早川《はやかわ》殺害犯に近づくためには、あのカズマって男が所属するチームに入る必要があるんだから。ただ、ここに一人でいると目立つから、とりあえず移動した方がいいかもね』

「だよな」

立ち上がった岳士が移動しようとすると、左手がテーブルをがしりと摑んだ。

『ちゃんと片付けてからいかないと。このお店はセルフサービスみたいだからね』


着信音が響くと同時に、テーブルの上の携帯電話をひったくるように取る。

「リョーヤか」電話からカズマの声が聞こえてきた。

「そうですよ。なんでこんなに時間がかかったんですか？」

岳士は小声で言う。海斗が左手で口元を覆《おお》ってくれた。

「余計なこと訊くんじゃねえ。いまどこにいる？」

「駅のそばにあるハンバーガーショップです」

岳士が店の名前を言うと、すぐに通話が切れた。

「なんだよ。これを持っていくんじゃないのかよ」

岳士は悪態をつきながら、膝の上に置いているクラッチバッグに視線を落とす。カズマと会ったカフェを出て、このハンバーガーショップの三階の隅の席に陣取って待ち続けた。しかし、連絡がないまま四時間以上が経過していた。

「なあ海斗、なにかおかしくないか？」

『たしかにおかしい気もするな。ここまで時間がかかったこともだけど、それより僕たちの居場所を聞いてすぐに通話を切ったのが気になる』

「もしかして、騙《だま》されたとか……？」

『その可能性もあるね。例えばスケープゴートにするつもりかも。サファイヤを持った僕たちがここにいるって警察に通報して、逮捕させるとかね』

「な⁉　それなら、はやく逃げないと！」

慌てて立ち上がった勢いで椅子が倒れ、大きな音がした。客たちの視線が集中する。

『あくまでその可能性もあるっていうだけだってば。けれど、僕たちを逮捕させてもあまりあの男にメリットはないと思うんだよね』

「じゃあ、どうすればいいんだよ。ここで待っているのか？　それとも逃げるのか？」

混乱した岳士は、海斗に判断をゆだねる。この十八年間、いつもそうしてきたように。

『んー、とりあえず、この店は出よう。万が一、警察が来たら僕たちはお終いだ。早川殺害容疑の手配犯だって気づかれる。少し離れた場所から、誰が来るのか観察するんだ』

「分かった」

席を離れ、階段を下りていった岳士は、一階に着く寸前、足を止めた。カズマが階段を上がってくるところだった。

「どこ行くつもりだよ？」

すっと目を細めるカズマの前で、岳士は答えにつまる。

「まあいっか。とりあえず戻れ。上で確認するから」

「確認って、なんのことですか？」

「いいから上に行け。そこで説明する」カズマは苛立たしげにあごをしゃくった。

『とりあえず、上に行こう』

「いいのか？」

カズマに気づかれないように、岳士は右手で口元を隠しつつ、小声で言う。

『本人が来たってことは警察に通報した可能性は低いよ。それに、もしこんなところで戦ったりしたら、それこそ通報される』

言われてみればその通りだ。岳士は振り返ると、背後に警戒しつつ階段を上っていく。

三階に着くと、岳士はもといた席に着いた。

「なんだよ、ここ禁煙かよ」

対面の席に座ったカズマは、禁煙のマークを見て顔をしかめると、手を突き出してくる。

「……なんですか？」

「バッグだよ。バッグをさっさと渡せ。試験結果を確認するからよ」

「試験結果って？」

「いいから、さっさと渡せよ」

声を荒げるカズマに、岳士はクラッチバッグを差し出す。無造作にそれを受け取った
カズマは、ジッパーを開けると、その中身を確認していった。

「十二、十三、十四……十五本っと。ちゃんと全部あるな。開けた形跡もねえ」

「当たり前じゃないですか。何が言いたいんです？」

「とりあえず、試験には合格ってことだよ」

そう言って立ち上がったカズマは、そばにあったゴミ箱にそのクラッチバッグを投げ
捨てた。

「なにを⁉　大切な『商品』でしょ？」

「ありゃ、偽物だ。その辺で売ってる目薬だよ。ラベル取ると『商品』とそっくりだ
ろ」

「はあ？　なんでそんなことを？」

「だからテストだよ。とりあえず飲みにでもいって話そうぜ」

カズマは唇の片端を上げた。

「まあ、一杯やれよ。奢《おご》ってやるから」

カズマがビールのジョッキを差し出す。

「なんでこんなところに？」

岳士は右手でジョッキを受け取ると、昨夜、彩夏から教わった通りに、喉の奥に琥珀《こはく》色の液体を流し込んでいく。食道を落ちていく冷たい刺激に、苛立ちが多少希釈されていった。

ハンバーガーショップを出たカズマは、岳士を六本木ヒルズの近くにあるスタンディングバーへと連れてきた。かなりの音量で洋楽が流れる店内では、多くの客が酒を片手に歓談をしていた。その半分ほどが外国人だ。

店に入って小さな丸テーブルを確保したカズマは、カウンターに行くと、ビールジョッキを両手に持って戻ってきた。

『一日でビール飲むのも様になってきたねえ、高校生』

海斗の嫌味を聞き流していると、一息でジョッキの半分以上を飲み干したカズマがテーブル越しに顔を近づけてきた。

「この店なら、話を聞かれる心配がないだろ」

たしかに、ＢＧＭと喧騒で満ち溢《あふ》れた店内では、隣のテーブルの会話も聞こえない。

「じゃあ、説明してくださいよ。なんで俺に偽物を持たせて、何時間も放置したのか」

「そう嚙みつくなって。だから、あれはテストだったんだよ」

「なんのテストだって言うんですか？」

「お前、何度サファイヤを使った」

「はぁ？　使ったことなんてないですよ、あんな怪しい薬」

岳士が唇をゆがめると、カズマの顔に猥雑《わいざつ》な笑みが浮かんだ。

「ごまかすなって。あんな色っぽい姉ちゃんと一緒に買ったんだ。あのあと、サファイヤをキメてヤリまくったんだろ。羨ましいな、おい」

岳士が口を固く結ぶと、カズマは大仰に両手を広げた。

「おいおい、なんだよ、せっかくあんないい女とクラブで踊って、しかもサファイヤまで買ったのに、ヤってねえのかよ。あの女、きっといまごろ、ほかの男とサファイヤ使ってるぜ」

一昨日、壁越しに聞いた嬌声《きょうせい》が耳に蘇り、岳士の眉間にしわが寄る。

「怖い顔すんじゃねえよ。お前があの姉ちゃんとどういう関係だっていいんだ。サファイヤを使ってさえいなけりゃな」

「あれを使ったことがあったら、なんだっていうんですか？」

嚙みつくように訊ねると、カズマの表情が引き締まった。

「奴隷になってる可能性があるんだよ。サファイヤの奴隷にな」

奴隷という言葉の強さに、岳士は一瞬言葉を失う。

「これから商売しようってブツについてなにも知らねえのか？　しゃあねえな。いい機会だからレクチャーしてやるよ」

カズマはテーブルに肘をついて身を乗り出し、押し殺した声で話しはじめた。

「まず最初に、サファイヤは最高だ。俺もこれまでいろいろなクスリ試したことがあるけどな、あれをキメたときは、天にも昇る心地ってやつだ。辛いことも苦しいこともすべて溶けて洗い流されていく。とくにキメた状態で女とヤったら、まさにヘブンさ」

「サファイヤ……使ったことあるんですか？」

「まあな。客に売るんなら、まずは『商品』を詳しく知らないといけないだろ。だから試しにやってみたんだよ。ありゃ、マジで極上だ。ほかのクスリみたいに、効果が切れた後の不快感もない。しかも最初のうちはほとんど依存性もねえし、おかしな副作用もない。毎日でも使いたいぐらいだったよ。ただ、俺は数回できっぱりと足を洗ったけどな」

「何でですか？　依存性も副作用もないんでしょ」

「よく話を聞いてろよ。『最初のうちは』って言ったんだ。サファイヤはときどき使って愉しむ程度なら天使のクスリだ。けどな、常用するようになると、そのうち裏の顔を見せる」

　思わせぶりに言葉を切ったカズマは、あごを引く。

「悪魔の顔だ。まずサファイヤの快感が忘れられなくなって、使用回数が増えていく。そうなると、あとは坂を転げ落ちていくだけだ。常にサファイヤのことを考えるようになり、サファイヤが切れた状態でいることが耐えられなくなる。最後にゃ、サファイヤのことしか考えられなくなって、そのためならどんなことでもするようになっちまう。そこまでいくと、もう人間としての尊厳なんて紙切れみたいに吹き飛ぶ。それがサファイヤの奴隷ってやつさ」

淡々としたカズマの口調が、やけにおどろおどろしく響く。

「俺はそうなった奴らを何人も見てきた。たった一本のサファイヤのために、人でも殺しかねない奴らをな」

「……俺がその状態じゃないか試したってわけですか」

「ああ、そういうことだ。仲間にしてくれとか言って、サファイヤをちょろまかすつもりじゃないか確認が必要だったんだよ。もしお前が奴隷だったら、俺が預けた偽物のサファイヤを使おうとしていたはずだ。けれど、その形跡はなかった」

カズマはテーブルに置いていたジョッキを手に取ると、残っていた中身を一気にあおった。

『ほら、いまだよ。「なら、仲間に入れてくれるんですね」って確認しろって』

ジョッキをテーブルに置くカズマの前で黙り込んでいると、海斗が声をかけてきた。しかし、岳士は口を開くことができなかった。

目の前の男の仲間になること。それはすなわち、クスリなしでは生きることのできない廃人を作りだす手伝いをすることに他ならない。

「さっき言った通り、うちのチームはいま、仲間を増やしているところだ。けれどな、どんな奴でもいいってわけじゃない。捌《さば》いている『商品』に手を付ける奴なんて論外だし、そうじゃなくても、うちに入るには二つの条件がある」

「……条件ってなんですか？」こわばった舌を動かし、岳士は声を絞り出す。

「まずはチームに貢献できることだ。金や人脈、あとは役に立つ能力を持っていたりな。その点、お前は問題ない。昨日、俺が直接見せてもらったからな。これを」

カズマは拳を軽く振る。

「つまり、最後の条件に同意すれば、お前は俺たちの仲間になることができる。うちのチームの鉄の掟、『チームに忠誠を尽くし、その命令には絶対に逆らわない』ってやつだ。お前はそれを誓えるか？　誓うなら、今からお前は俺の仲間だ」

カズマが差し出した右手を岳士は見つめる。

生前、早川が探っていたこの組織の内部に入り込むこと、それが真実に近づき、身に降りかかった冤罪《えんざい》を晴らすために必要なことは分かっている。しかし、体が動かなかった。

「どうした？　気が変わったか？」カズマが睨《ね》め上げてくる。「迷っている時間なんてねえぞ。そんな優柔不断な奴は、いざというとき役に立たねえ」

『なにしてるんだよ。早くそいつと握手しろ！』

海斗の急かす声を岳士は黙殺する。海斗は『ああ、もう！』と苛立たしげに声を荒げた。

『本当に仲間になるわけじゃない。形だけだ。組織内の情報を手に入れて、早川を殺した奴を探すためには仕方ないんだよ。そうやって真犯人が捕まれば組織が崩壊して、結果的にクスリで苦しむ人が減るかもしれないだろ』

海斗の言っていることは正論だった。しかし、差し出された右手を掴んだ瞬間、悪魔に魂を売り渡してしまうような気がした。

「……時間切れだ」

わざとらしく大きなため息をつきつつ、カズマが手を引っ込めようとする。その瞬間、左手が素早く動き、カズマの右手を鷲掴《わしづか》みにした。体を翻《ひるがえ》しかけていたカズマは、唖然《あぜん》としている岳士にゆっくりと向き直ると、危険な色を湛《たた》えた笑みを浮かべる。

「これからよろしくな、相棒」

2

部屋を出て廊下を歩いていると、正面からタンクトップ姿の若い女が歩いて来た。

「あっ、岳士君、お出かけ？」隣の部屋の住人、桑島《くわしま》彩夏は軽く手を上げる。

「はい、ちょっとバイトに……」

「え？　こんな時間からバイトなの？　もう午後六時過ぎだよ」

「夜勤なもんで……」

「夜勤っていうことは、コンビニか何か？」

「そんなところです」

本当のことを言えるわけもなく、岳士は言葉を濁《にご》す。二週間ほど前から、岳士は週に三回ほど、カズマのサファイヤ売買の手伝いをしていた。

「どこのコンビニ？　冷やかしに行っちゃおうかな」彩夏は小悪魔的な笑みを浮かべる。

DVから助けてもらったことによほど感謝しているのか、クラブに行った日から、彩夏は食べ物を差し入れてくれたり、夜遊びに誘ってくれたりと、なにかとかまってきた。しかし、海斗に耳にタコができるほど『他人との接触は最低限にしろよ』と言われているので、料理は受け取っているが、最初にクラブに行って以来、二人で外出することはなかった。

「いえ、バイト先、ちょっと遠いところにあるんですよ……」

「ふーん、そうなんだ。つまんない」

彩夏は桜色の口紅がさされた唇を尖らせる。岳士は「すみません」と首をすくめた。

「あっ、そういえばさ」

近づいてきた彩夏が耳元に口を寄せる。かすかに薔薇《ばら》の香りが鼻をかすめた。

「最初の日に買ったサファイヤ、まだ持ってる？　最近なにかと嫌なことが多くてさ、ちょっと使いたい気分なんだよね」

彩夏はからかうように「一緒に使っちゃう？」と訊ねてくる。その意味を理解して顔に火照《ほて》りをおぼえた岳士は、慌てて身を引いた。

「いえ、あの……。もう残ってないです」

「え？　あんなにあったのにもう使っちゃったの？」

彩夏はアイシャドーで縁取られた目を大きくする。

「使いすぎるとやばいらしいよ、あれ。おかしくなる人もいるって噂だし」

岳士の口元に力が籠《こも》る。そんなことは言われるまでもなく知っていた。この二週間で、サファイヤの奴隷と化した人間を何人も目の当たりにしてきたのだから。

顔中を涙と鼻水で濡らしながら懇願する者、力ずくでも奪おうとする者、夜の相手をしてでも欲しいと言う女までいた。

「いや、使ったわけじゃないんです。怖くなって、知り合いにあげちゃいました」

「えー、そうなの？　もったいない。適度に使う分には全然問題ないよ」

「あの、彩夏さんはどれくらいの頻度で、あれを使っているんですか？」

「頻度？　そうだね、月に一、二回程度だよ。あれ、けっこうな値段するから、そう気軽に使えないし、さっき言った『噂』も気になるしね」

岳士は安堵の息を吐く。その程度なら問題ないはずだ。個人差はあるが、週三回以上使うと危険域、毎日使うようになると、もはや後戻りはできないと聞いていた。

「あれ？　もしかして私が乱用しているか心配してる？　そんなことしないよ。こう見えても私、大学で化学専攻していたから、ああいうクスリの危険性とかちゃんと理解しているよ」

『本当かよ。そんなふうには見えないけどね』海斗がつぶやく。

「まあ、ないんじゃしょうがないね。それじゃあ、今日はお酒で誤魔化《ごまか》すか。そういえば岳士君さ、明日の夜とか空いてる？　どこか遊びに行かない？」

彩夏は首を少し傾《かし》げながら誘ってくる。明日は「バイト」の予定はなかった。思わず頷きかけたとき、海斗の『断れ！』という鋭い声が響いた。

『いまは、鼻の下伸ばしてお姉さんと遊んでいる暇なんてないだろ』

反論の余地もなく、岳士は縦に振りかけていた首の動きを止める。

「……すみません。ちょっと予定があるんで」

「そっか。急に誘ってごめんね。それじゃあ、バイト頑張ってね」

寂しそうに微笑んだ彩夏を見て、胸が締め付けられるように苦しくなる。岳士は玄関扉を開けて部屋に入っていく彩夏を見送ると、口を固く結んでエレベーターに向かう。

『なあ、岳士』さっきとはうって変わって、気遣うような口調で海斗が声をかけてきた。

「……なんだよ」

『お前、あのお姉さんに、こだわりすぎじゃないかな。こんな追い詰められた状況で、なんで近づこうとしているのさ。なにか理由とかあるの？』

「別に」自分でも驚くほど冷淡な返事が口から漏れる。

『……そう。それならいいんだけどさ』

どこかばつが悪そうな海斗の声を聞く岳士の脳裏には、三ヶ月前の光景がよぎっていた。

友人と笑顔で話しているブレザー姿の少女。しかし、その瞳は焦点がぼやけていて、硝子玉《ガラス》のようだった。彼女の目がふとこちらを向く。その瞬間、彼女の顔に浮かんでいた人工的な表情は一瞬で消え去り、その代わりに硝子玉の瞳が深い闇色に変化した。

「なんで、彼が死んだの……？　なんで、あなたじゃなかったの……？」

その瞳に吸い込まれていく錯覚を覚えながら、岳士は呆然と彼女の抑揚のない言葉を聞いた。

頭に鋭い痛みが走り、岳士はこめかみを押さえてうめく。

なんで、彼女のことを思い出すんだ？　なんで、いまさら。

こめかみを押さえたまま、岳士はエレベーターに乗り込んだ。


「……の裏まで十二本。十五分後に来い」

カズマの指示に「了解」と答えた岳士は、携帯電話をサマージャケットのポケットにねじ込む。午前四時過ぎの六本木交差点近く。こんな時間にもかかわらず、周りには酒に酔った若者や、抱き合って口づけを交わしている男女、客引きをしている外国人など、大勢の人々がいる。

『あのクラブの裏通りってことは、三番のロッカーかな。あっちが近道だね』

左手の人差し指が細い路地をさす。

「言われなくても分かってる」

岳士は早足で海斗が指さした路地を通り抜けていく。この二週間で、六本木界隈《かいわい》の地理は、完全に頭に叩き込まれていた。

少し広い通りに出るとコインロッカーがあった。その前まで移動し、液晶画面に表示された『荷物を取り出す』に触れた岳士は、ジャケットの胸ポケットから取り出したＩＣカードを読み取り機にかざす。鍵の外れる音が響き、扉が一つ開いた。

辺りを警戒しつつ中からバッグを取り出し、ジッパーを開く。そこには、エメラルドブルーの液体で満たされた小さなプラスチック容器が詰まっていた。素早く十二本の容器を取り出した岳士は、バッグをロッカーに戻し、ＩＣカードを使って再び荷物の預け入れを行う。

電話で指示を受けるたび、必要な本数のサファイヤをコインロッカーから取り出し、カズマに届ける。それが岳士に与えられた仕事だった。この方法ならサファイヤを常に持ち歩く必要がなく、リスクを減らせる。さらに、万が一警察に職務質問され、持ち物を検査されたとしてもカギを持っているわけではないので、コインロッカーに何かを預けていることは気づかれないというわけだ。

六本木界隈、五ヶ所のコインロッカーにサファイヤが隠されている。岳士は指示を受けるたび、指定場所に一番近いロッカーにサファイヤを取りに向かっていた。

岳士はＩＣカードを胸ポケットに戻すと、何気ない足取りで歩き出す。ここから指定の場所まで、その間が一番危険だ。サファイヤを持っているので、もし警察に職務質問されたら一巻の終わりだ。逮捕されてしまえば、自分が早川殺害の重要参考人として手配中だということも気づかれるだろう。

「サファイヤを運んでいるときは、絶対に急ぐな。散歩でもしているつもりで歩け。それでも、もしサツに声を掛けられたら、そのときはお前の拳の出番だ」

この『バイト』をはじめるにあたって、カズマからそう説明を受けていた。

「なあ、海斗」岳士はライダーグローブを嵌めている左手を見る。「こんな危険な『バイト』やる意味、本当にあるのかよ？」

二週間前、立ち去りかけていたカズマの手を摑んだ海斗を、岳士は責めなかった。その判断が正しいにもかかわらず、自分には一歩踏み出す覚悟がなかっただけだと分かっていたから。

ただ、一つ計算違いがあった。『バイト』をはじめれば、チームの内部に入り込めると思っていたが、この二週間でカズマ以外のメンバーの誰にも接触できていなかった。カズマにはそれとなく、「他のメンバーにも紹介して欲しい」と伝えていたが、そのたびに「もっと仕事をこなして、使える奴だと証明してからだ」といなされていた。

「あの男、チームに入れる気なんかなくて、俺を使い走りって思っているんじゃないか」

『その可能性はあるね』海斗は苦々しく認める。

「じゃあ、このまま『バイト』やっていても仕方がないだろ。もう二週間近く無駄にしたんだぞ。こんなことしていたら、いつか警察に見つかる。他の方法を考えるべきじゃないか」

『他の方法って、具体的には？』

「それは……」岳士は言葉に詰まる。

しかし、いくら変装しているとはいえ、逃亡中の身でこうして夜の繁華街を歩いていることに恐怖をおぼえていた。時々、ネットで事件の捜査状況を確認しているが、いまのところ大きな動きはなさそうだ。ただ、警察が自分を追っているのは間違いない。早川の資料の読み込みも続けていたが、こちらはほとんどが走り書きで、さらに知らない固有名詞も多いため、それ単独ではもはやほとんど情報を得ることはできなくなっていた。

『もっと有効な方法があれば、そっちを採用するよ。けれど、いまのところあのカズマって男が、サファイヤ販売網に近づく唯一の手がかりだ。あの男との縁を切るのはまずいよ』

「けどな、このままずっと雑用をやらされたらどうするんだよ」

『あの男がそのつもりなら、こっちももっとリスクを取る必要があるかもね。例えばあの男を尾行したり、場合によっては……強引に情報を聞き出したりね』

「強引にって、なに考えているんだよ」

『あくまで最悪の場合だよ。とりあえず、まずはこのサファイヤを届けよう』

海斗はジャケットの上から、内ポケットの中に入ったプラスチック容器に触れた。

時間通りに指定された路地に到着すると、カズマが若い男と話をしていた。少し離れた場所からでも、なにやら険悪な雰囲気が見て取れた。

またか……。路地を進みながら岳士はため息をつく。五回に一回ほどの割合で、こうして取引にトラブルが生じていた。その多くが、客が『サファイヤの奴隷』と化していて、金がないのにサファイヤを手に入れようとしているケースだ。

その際、カズマが取る行動は単純だ。相手が懇願しようが、金以外の対価を払おうとしようが、完全に無視する。そして、もし相手が力ずくでサファイヤを奪おうとしてくる場合は、暴力をもってそれに対抗するのだ。これまでの二週間で、カズマが取引相手の鳩尾《みぞおち》に爪先をめり込ませる光景を、岳士は三度も目撃していた。

「戻りますか？」

数メートル離れた位置で岳士は足を止め、こちらに背中を向けているカズマに声をかける。もし取引が成立しないなら、サファイヤを元のコインロッカーに戻さなくてはならない。

「いや、十本だけ寄越せ」

振り返ることなく、カズマが言った。同時に、カズマの前の男が大仰に両手を広げる。

「なんだよ、十本も同時に買うんだぞ。少しサービスしてくれてもいいだろ。どこの店だって、まとめ買いする客には割引するもんだ」

『値引き交渉しているってわけか。無駄なことをするもんだね。さっさと十本渡して帰ろうよ』

岳士は内ポケットからサファイヤの容器を取り出し、十本数えてカズマに近づく。

「カズマさん。十本です」

「ああ。今日はこれで店じまいだ。帰っていい」

サファイヤを受け取ったカズマは、穿いているカーゴパンツの腰ポケットから三つ折りにされた一万円札を取り出した。一晩三万円、それがこの『バイト』の代金だった。

バイト代を受け取った岳士は路地をあとにする。とりあえず、内ポケットに二本残っているサファイヤをコインロッカーに戻し、そのあと鍵に使ったＩＣカードを、前もって渡されている私書箱あての茶封筒に入れて封をして、ポストに投函すれば今夜の仕事は終わりだった。

大通りを避けてコインロッカーに向かいつつ、岳士は左手に視線を落とす。

「『バイト』は終わりだけど、このまま帰るか？　それとも……」

『カズマを尾行するかってこと？』

「ああ、そうだ。あの調子だと、取引にもう少し時間がかかるはずだ。いまから急げば、あいつが消える前にさっきの路地に戻れるかもしれない」

海斗は返事をしなかった。不審に思い、「海斗？」と声をかける。

『しっ！　後ろ。誰かついて来てる』海斗の鋭い声が飛ぶ。

岳士は聴覚に神経を集中させる。たしかに背後から足音が響いてきていた。

足音が次第に大きくなってくる。岳士はビルとビルの間の脇道に入ると、わざと歩くスピードを緩めた。通行人なら、そのまま追い越していくだろう。けれど、違ったら……。

すぐ背後で足音が止まる。振り返ると、無精ひげを生やした中年の男が立っていた。

「こんばんは」

男は分厚い唇に笑みを浮かべた。肉食獣に牙を剝《む》かれているような気持ちになる。

一歩後ずさった岳士は男を観察する。身長は自分と同じぐらいだが、体の厚みが二回りほど違う。固太りした体を、ワイシャツに窮屈そうに押し込んでいる。よれよれのネクタイが巻かれた首周りは僧帽筋が盛り上がり、半袖から覗く二の腕は丸太のように太い。

服装だけ見るとくたびれたサラリーマンのようだが、男の全身から醸し出されている危険な雰囲気がそれを否定していた。

「……誰ですか？」

岳士は警戒しつつ、重心を落とす。男はズボンのポケットから二つに折り畳まれた黒いものを取りだした。それが何かに気づき、全身の血液が凍り付く。

「麻布署の番田《ばんだ》っていうもんだ。ちょっと話、聞かせてもらえるかな」

警察手帳を突きつけながら、男は楽しそうに言った。

『逃げろ！』

海斗の声で岳士は我に返る。

『サファイヤを持ったままなんだぞ。ここで捕まったら終わりだ。全力で逃げるんだ！』

慌てて身を翻した瞬間、岳士は首の後ろに衝撃をおぼえた。体が後ろに引かれ、両足が一瞬宙に浮く。ジャケットの生地が破れる音が狭い路地に響いた。

「相手が自己紹介したら、自分も名乗るもんだろ？」

番田と名乗った刑事は、岳士のジャケットの後ろ襟《えり》を摑んだままからかうように言う。

「絶対に警察に捕まるな。いざとなったら拳を使え」

サファイヤの運び屋をはじめたとき、カズマに何度も言われた言葉が脳裏に蘇る。

仕方がない。岳士は右の拳を握りこむと、振り向きざまにフックを放った。しかし、こめかみに拳がめり込む直前、番田が無造作にジャケットを摑む手を引いた。

首の後ろに漬物石でも叩きつけられたかのような衝撃が走る。岳士は大きく前のめりにバランスを崩し、放っていたパンチは力なく空を切る。

「元機動隊員の俺に奥襟がっちり摑まれちゃ、何も出来ねえって。警察柔道なめんなよ」

腰から折りたたまれるように大きく前傾したまま、岳士は頭頂から響いてくる声を聞く。

「まあ、俺を殴ろうとしたんだから、公務執行妨害だな」

番田は岳士のジャケットの右袖を摑むと同時に、素早く体を回転させつつ足を飛ばしてきた。

重力が消え、視界が真っ逆さまになる。ジェットコースターに乗っているような感覚。自分が何をされているか分からないうちに、岳士は背中から硬いアスファルトに叩きつけられた。肺から強制的に空気が押し出され、息ができない。全身に激痛が走る。

「払い腰だ。安心しろよ、大怪我させないよう綺麗に背中から落としてやったから」

顔を覗き込んできた番田は、ジャケットのポケットを探ってくる。岳士はなんとか抵抗しようとするが、神経が麻痺したかのように体が動かなかった。内ポケットを探っていた番田の顔に危険な笑みが浮かんだ。

「おい、これはなんだ？」

番田はエメラルドブルーの液体が入ったプラスチック容器を手の中で転がす。

もうおしまいだ。逮捕されて徹底的に調べられれば、自分が早川殺しで指名手配されていることに気づかれてしまう。胸が絶望で満たされていく。

背中の痛みは引き、体の感覚も戻ってきた。しかし、動く気力はなかった。そんな岳士の右手を、番田は慣れた手つきで捻《ひね》りあげる。肘と肩の関節が極《き》められ、岳士の体は自らの意思とは関係なく裏返しにされる。番田は岳士のジーンズのポケットから財布を取り出した。

「関口《せきぐち》亮也、二十一歳、埼玉県在住か」

野太い声が降ってくる。財布に入れておいた免許証を見ているのだろう。

「さて、関口君。このままだとお前は違法薬物の所持と公務執行妨害の現行犯で逮捕される。もしお前が学生なら、当然退学になるし、どこかに勤めていたらクビになる。裁判では執行猶予《ゆうよ》が付く可能性もあるけど、前科持ちに対する世間の風当たりは厳しいぞ。まともな社会生活はそう簡単には送れない。……ただな、違う道もある」

アスファルトに這《は》いつくばっていた岳士は、顔をわずかに動かして番田を見上げる。

「……違う道？」

「そうだ。そっちを選べばお前は逮捕もされない。今日の件が世間に知られることもない」

番田は捻りあげていた右手を放した。

「逃げたりすんなよ。名前も住所も分かっているんだ。この場は逃げきれても、すぐに手配して逮捕できるからな」

岳士は無言で立ち上がると、関節を極められていた腕と肩を軽く動かした。

「俺に何をさせようっていうんです？」

「こんな誰に聞かれるか分からない所でするような話じゃねえ。ついてきな」

番田は抜き取った財布を岳士に放ると、手招きして歩きはじめた。どうするべきか分からず、岳士は立ち尽くす。

「ついてこないなら逮捕するぞ」

首だけ振り返って番田が言った。岳士は右拳を握りしめる。さっきは逃げようとしてやられてしまったが、真正面からやり合えば勝機はある。摑まれる前にパンチを叩き込めば……。

『言われた通りにしよう』

頭に浮かんでいた戦闘のシミュレーションは、海斗の声で中断した。

「何でだよ?」番田に気づかれないように、岳士は口の中で言葉を転がす。

『あの刑事に免許証を見られているんだ。ここで逃げるのはよくない』

「あれは他人のだ。問題ないだろ」

『その他人の身分証明書を使って、僕たちはマンションを借りているんだぞ。ここで逃げたら、せっかく手に入れた居場所を失うことになる』

岳士は唇を嚙む。

『それに、この刑事が何を考えているか興味ある。もしかしたら利用できるかもしれない』

「……分かったよ」

岳士は力なく右拳を開く。自分に言われたと思ったのか、番田は「それでいいんだよ」と鼻を鳴らして進みはじめた。岳士はそのあとについて行く。細い路地をいくつも通り過ぎ、歓楽街のはずれにやって来ると、番田は古びた雑居ビルの前で足を止めた。

「ここだ」

「ここだって……」

三階建てのそのビルは、廃墟の様相を呈していた。飲食店が入っていたらしい一階にはシャッターが下ろされている。二、三階の窓には風俗店らしき店名が書かれているが、明かりは灯《とも》っておらず、営業している様子はなかった。よく見ると窓ガラスにヒビが入っている。

「いいからさっさと来い」

番田は迷うことなくビルの入り口のガラス扉を開くと、地下へと続く階段を下りていく。まだ電気は通っているのか、階段には蛍光灯が点滅していた。

地下に下りて暗い廊下を進んでいった番田は、突き当たりにある扉を開く。中は数脚のカウンター席と二セットのソファー席が置かれた小さなバーになっていた。店員の姿が見えないが、カウンター奥の棚には、酒瓶が幾つか置かれていた。

番田は「とりあえず座りな」とソファー席に勢いよく腰を下ろす。岳士は言われた通り、ローテーブルをはさんで向かいのソファーに腰掛け、店内を見回した。

「なんなんですか、この場所は？」

「見ての通り、何ヶ月か前に潰《つぶ》れたバーだよ。ただ、このビルのオーナーがずぼらな奴でな。さっさと取り壊せばいいものを先延ばしにしたうえ、電気や水道を止めてもいない。俺みたいな仕事をしていると時々、こういうおあつらえ向きの場所の噂が入ってくるんだよ」

「おあつらえ向き?」

「そう、誰にも聞かれたくない話をするのにふさわしい場所だ。いまみたいにな」

「……こんな場所に連れてきて、俺をどうするつもりですか?」

「警戒するなって。男の趣味があるとかそんなんじゃねえからよ。そうだ、一杯飲むか?」

「結構です」

岳士が硬い声で答えると、番田は「俺は頂くとするか」と立ち上がり、我が物顔でカウンターの中に入っていく。

「このバーの店主は夜逃げ同然に出て行ったからな、けっこういい酒が残っているんだよ」

番田はショットグラスにウイスキーを注ぎ、一気にあおった。

「いいんですか、刑事が仕事中に飲んでも」

「いま何時だと思っているんだ。勤務時間外に決まっているだろ」

「俺を逮捕しようとしたじゃないですか」

「自主的に捜査しているのさ。勤務中にやるにはちょっと問題があるような捜査をな。

さて、それじゃあさっそく本題に入るとするか」

番田の声が低くなった。岳士の体に緊張が走る。

「お前はサファイヤの密売にかかわっている。そうだな？」

直球の質問に、岳士は答えに詰まった。

『認めろ。下手に否定すると心証を悪くする』

海斗に促され、岳士は躊躇《ためら》いがちに頷く。

「つまり、お前はスネークの構成員ってわけだ」

「スネーク？」

「おいおい、そんなことも知らないのか。本当の下っ端だな」

『スネークっていうのはたぶん、チームの名前だ。確認しろ』海斗が早口で指示を出す。

「そのスネークっていうのは、サファイヤを売り捌いている奴らのことですよね。俺はただ、割のいいバイトがあるからって誘われただけで、あんまり組織のことは……」

「想像以上の雑魚《ざこ》ってわけか。使えねえ男だな」

「ぶつぶつ文句言ってないで、教えてくださいよ。スネークっていうのは、なんなんですか？」

岳士が語気を強めると、番田の目付きが鋭くなる。

「なんで俺が説明してやんなきゃなんねえんだよ。てめえ、自分の立場分かってんのか」

「俺を見逃す代わりに、なにかに利用しようとしているんでしょ。だったら、詳しいことを教えてください。なにも知らない木偶《でく》の坊より、色々状況を知っている方が利用価値がある」

番田の迫力に圧倒されかけた岳士は、へその下に力を込めて睨《にら》み返した。数秒間、二人は激しく視線をぶつけ合う。先に視線を外したのは番田だった。

「この俺にガンくれるとは、ガキのくせになかなか肝が据わってんな。気に入った。教えてやるから耳かっぽじってよく聞けよ」

番田は酒やけのせいか、ややしわがれた声で話しはじめる。

「スネークっていうのは半グレ集団の一つだ。ダサくて単純な名前だろ。頭の悪いガキどもにはぴったりだがな」

「半グレ?」

「チンピラの集団だよ。暴力団みたいにしっかりした組織じゃなく、もっと緩く集まって、ろくでもねえことをやってる。暴対法のおかげでヤクザが牙抜かれて人数も減っているのに対して、最近はこの半グレ集団が増えて、暴力団まがいの稼業に手を出しはじめているんだよ」

番田は忌々《いまいま》しそうにウイスキーをあおる。

「こいつらの厄介なところは、ヤクザみたいに明確な指揮系統がないところだ。そのせいで誰がトップで、どんな命令をだしているのかはっきりしない。そもそも、トップがいるのかさえ分からねえ。しかも従来のヤクザが最低限守っていたルールってやつも平気で無視して好き勝手しやがる。分別のないガキが集まって、遊び感覚でやばい犯罪に手を出しているんだ」

「スネークもその中の一つってことですね」

「その中の一つどころじゃねえ。いま一番問題になっている集団だ。二、三年前までは大した組織じゃなかった。それがある時期を境に一変した。あるものを捌きだしたおかげでな」

「サファイヤ……」岳士は声をひそめる。

「ああ、そうだ」番田は大きく両手を広げた。「サファイヤの登場でドラッグの市場は一変した。まず、法律が追いつかないせいで、取り締まることができなかったころ、若い奴らの間で一気に広がった。他のドラッグに比べて格段に強い恍惚《こうこつ》感を得られるうえ、最初のうちは副作用が少ない。しかも、その当時は所持していても罪に問えなかった。そりゃあ、逮捕される危険を冒《おか》して大麻やシャブに手を出すより、そっちを選ぶよな」

「けれど、いまは規制されたんでしょ」

「ああ、規制されたさ。販売はもちろん、所持だけでも逮捕できるように法改正された。それでブームもおさまると思っていたんだ。実際、ほとんどの危険ドラッグは取り締まり強化で一気に市場から消えていった。けれど、サファイヤだけは逆だった」

「逆って、取引量が増えたってことですか？」

「取引量はほとんど変わってねえな。ただ、市場規模は桁違いになった。違法になったせいで売買が難しくなって値段が数倍に跳ね上がったんだよ。しかも、当初予想されていたよりもかなり依存性が強かった。ある程度サファイヤをやっていた奴らは、値段が上がろうが関係なく買いまくる。そして……最後にゃどうなるか知っているな」

よだれを垂らしながらサファイヤを求める奴隷たちの姿が脳裏をよぎる。

「最初は東京の繁華街でしか手に入らなかったサファイヤが、いまや地方都市にまで広がっている。その販売網の中心がスネークだ。地方の組織にサファイヤを卸したりで、かなりのもうけを出して組織を広げてやがる。いまや、下手な暴力団じゃ手を出せないぐらいにな」

「……スネークについては分かりました。それで、俺に何をやらせようって言うんですか?」

「決まってるだろ、スパイだよ」番田は唇の片端を上げる。

「スパイ?」

「お前は末端とはいえスネークの一員だ。組織の内部を探って、俺に情報を流すんだよ」

「無理ですよ。俺はスネークって名前も教えてもらえないぐらいの下っ端なんですよ」

「無理だっていうなら、お前を逮捕するだけだ」

番田に睨め付けられ、岳士は軽く身を引いた。

「俺だってそんなことしたくないんだ。お前みたいな雑魚を捕まえたところで、たいした手柄にならない。せっかく釣り上げるなら、大物狙わないとな。スネークのボスを逮捕するか、サファイヤの製造元を暴くか。蛇ってやつは、頭を潰さないとしぶとく生き残るのさ」

「製造元……ですか？」

「そうだ。サファイヤがどこで作られているか、それが分かれば販売網を壊滅できる。普通の危険ドラッグは海外で作られて密輸されてくる。けれど、サファイヤは一度も密輸で摘発されたことがないし、日本以外ではほとんどお目にかかれない代物だ。日本のどこかで作っている奴らがいて、それをスネークが捌いているんだよ。畜生が、あと少しで製造元が見つかりそうだったたっていうのによ」

　番田は大きく舌打ちする。

「なにかあったんですか？」

「それを調べさせていた情報屋が、ちょっと前にぶっ殺されちまったんだよ。多摩川《たまがわ》の河川敷で刺されてな」

　心臓が大きく跳ねる。全身の汗腺から、氷のように冷たい汗がにじみ出してきた。助けを求めるように、岳士は視線を左手に落とす。

『心配するな。いまは髪も切ったし、眼鏡もかけてる。この刑事はお前のことを関口亮也だと信じ切ってる。僕たちが早川殺害の指名手配犯だなんて気づかれないさ』

そう言われても緊張は消えなかった。歯の根が合わなくなる。

『早川がこの刑事の情報屋だったとしたら好都合だ。奴についてできるだけ聞き出すんだよ』

「その情報屋が殺されたっていうのは……」岳士はかすれ声を絞り出す。

「そんな怯えんなって。フリージャーナリストにスネークとサファイヤの製造元を調べさせていたんだよ。そいつ、あまり調査は進んでいないって俺には報告していたくせに、実はサファイヤの製造元に近づいていたらしい。そして、深入りしすぎて始末されたってわけだ。どうやら調べた情報で恐喝して、小金を稼ごうとしていたみたいだな。まわりに、『もうすぐ大金が手に入る』とか吹聴してやがった。お前はおかしなこと考えないで俺に情報を流せよ。そうすれば身の安全は保証してやるよ」

番田は安心させるように軽い口調で言う。岳士はつばを飲み込むと、口を開いた。

「じゃあ、そのフリージャーナリストはスネークの一員に殺されたってことですか?」

もしかしたら自分は指名手配なんてされていないのではないか。警察はスネークの関係者を追っているのではないか。そんな淡い期待が胸に灯る。

「捜査本部は家出中のガキが物盗り目的で殺したって結論出して、そいつを指名手配しているな。まあ、色々証拠もあるらしいから、そのガキが犯人なのは間違いないだろう。けど、そのガキはどこかでスネークに関係していたはずだ。単なる物盗りが目的のわけがねえ」

落胆する岳士の前で、番田は舌なめずりをした。

「うまくいきゃ、スネークのことを調べているうちに、そのガキがどこに隠れているかも分かるかもな。そうなりゃ、大手柄だ」

『お前の目の前にいるのがその「ガキ」だよ』

楽しげにつぶやく海斗を岳士は睨む。海斗は誤魔化すように、指をひらひらと振った。

「まあ、そういうわけで、俺は情報源を失っちまったってわけだ。だから新しい情報屋が必要なんだよ。それで、罠《わな》を張って捕まえることにしたんだよ」

「罠？」

「まだ気づいていないのかよ。さっき、サファイヤを値切ってた男は、俺が撒《ま》いた餌だよ。ジャンキーに金渡して、ああするよう指示したんだ。そうすれば運び屋、つまりお前は余ったサファイヤを持って隠し場所に戻る必要がある。それを俺が尾行してとっ捕まえたわけだ」

「なら、なんで俺じゃなくカズ……、サファイヤを売っていた男を捕まえなかったんですか？」

「お前、あいつを誰だと思っているんだよ」番田はいかつい肩をすくめる。「個人相手に商売しているから雑魚だとでも？　あいつはスネークの幹部の一人だ。大きな取引の際には出張って、トラブルが起これば相手を制圧する武闘派だよ」

「それなら、なおのことあいつを捕まえればよかったじゃないですか。スネークの内部にも詳しいんだから、訊問とかで聞き出せば……」

「何も言わねえよ」番田は岳士のセリフを遮る。「あいつは幹部の一人で、しかもスネークに忠誠を誓って、甘い汁を吸っている。そんな奴が、スネークが瓦解《がかい》しかねないような情報を漏らすわけがないだろ。ましてやスパイに仕立て上げるなんて不可能に決まってる。だから、お前みたいな奴を狙ったんだよ。まだ、スネークにそれほど思い入れがない奴をな」

そこで言葉を切った番田は、あごを引いて岳士を睨め上げる。

「で、どうする。俺の話に乗るか、それともこのまま署に連行されるか、好きな方を選びな」

『選択の余地なんてないよね。逮捕されたら一巻の終わりなんだからさ。それに上手くすれば、捜査状況とかスネークの情報をこの刑事から手に入れることができる。渡りに船ってやつさ。ただし、たんに引き受けるんじゃなく、こう言うんだ。まずは……』

海斗の指示を聞いた岳士は、ゆっくりと顔を上げた。

「……分かりました、引き受けます。けど俺みたいな下っ端、このままじゃ、スネークの内部情報なんて分かるはずがありません。だから刑事さんにお願いがあります」

「お願いだぁ？　ったく、自分の立場分かってんのかよ。肝が据わってるのか、馬鹿なのか。いいだろう、とりあえず話してみな。俺に何をさせようって言うんだよ」

「それは……」

岳士は海斗に言われたことを番田に伝えた。

3

番田に捕まった三日後、岳士はいつものように深夜の六本木でカズマから電話を受けていた。

「……の裏まで八本、二十分後だ。分かったな」

「はい、分かりました。二十分後ですね」

『あそこの裏ってことは……』

「ああ、ようやくだな」

岳士は海斗を見ながら、緊張を押し殺してつぶやくと、スマートフォンで電話をかける。すぐに相手は出た。十数秒話したあと、岳士はスマートフォンをポケットへとしまい込む。

「よし、行こう！」

気合を込めて言うと、海斗は『ああ』と左の拳を握り込んだ。

いつものようにコインロッカーからサファイヤを取り出し、岳士はカズマの元へと向かう。

二十分後、指示された場所へと到着した。六本木の繁華街から一本裏に入った細い通り、まれに取引に使われる場所だ。胸に手を当てて深呼吸を繰り返していた岳士は、数十メートル先の通りに見知った顔をみつける。

『あっちも用意万端みたいだね。それじゃあ、行こうか』

海斗に促された岳士は、最後に大きく息を吐き、路地へと入り込む。ほとんど街灯もない薄暗い通りを進んでいくと、二人の人影が見えた。カズマと病的にやせ細った若い女。女は落ち着きなく視線を彷徨《さまよ》わせている。典型的なサファイヤの奴隷だ。

「持ってきました」岳士は内ポケットから取り出したサファイヤをカズマに手渡す。

カズマはこちらを見ることもしないで容器を受け取ると、虫でも追い払うように手を振った。

岳士が早足で路地を出ると、そこには熊のような体格の刑事が待ち構えていた。

「渡したか？」

「……はい」

「それじゃあ、いっちょ行ってくるか」番田は舌なめずりをする。

「相手は空手を使います。武器も持っているかもしれません」

「心配すんなって。誰がお前をぶん投げたか忘れたのかよ」

「最初は腹への前蹴りをしてきます。忘れないでください」

番田は「ああ」と軽く手を上げ、散歩でもするような足取りで路地へと入っていった。

番田を見送った岳士はその場で待つ。やがて、路地の奥から怒号が聞こえてきた。

『まだだぞ、まだ早い』

「分かってる」

海斗の声を聞きながら、岳士はいつでも走り出せるように腰を落とす。路地からさっきの女が悲鳴を上げて走り出してきた。再び怒号が聞こえる。

『まだだぞ』

押し殺した声で海斗がつぶやいた瞬間、何か重いものが叩きつけられる音が聞こえてきた。

『いまだ！』

海斗の合図とともに、岳士は路地に飛び込んだ。奥に二人の男が倒れこんでいるのがぼんやりと見えた。近づくにつれ、状況がはっきりしてくる。番田が袈裟《けさ》固めでカズマを押さえ込んでいた。三日前の岳士と同じように激しく投げられたのか、カズマの表情は苦痛に歪み、ほとんど抵抗を見せていない。

「なにやってるんだ！　カズマさんを離せ！」

前もって打ち合わせした通りのセリフを吐きながら、岳士は両手で番田の体を押す。

「なんだ、てめえは！」

番田はバランスを崩し、カズマの体の上から離れて立ち上がった。しかし、カズマは立ち上がろうとしない。やはり、投げられたダメージで動けなくなっているのだろう。

「カズマさんに手を出すんじゃねえ！」

芝居っぽくならないように注意しつつ怒鳴りながら、岳士は番田に殴りかかる。これも打ち合わせ通りに、番田は繰り出されたパンチを軽く避《よ》けると、岳士の体を軽々と腰に乗せ、カズマの上に投げ捨てた。体の下でカズマが苦痛の声を出した。

うまく投げるもんだ。他人の上に投げられたおかげでほとんどダメージのない岳士は、感心しつつカズマに話しかける。

「カズマさん、すみません。大丈夫ですか？」

痛みで声もでないのか、カズマはうめき声を漏らすだけだった。

これなら当分動けないな。そう判断した岳士は、番田を見上げる。

「なんなんだよ、お前は」

「俺は麻布署の刑事だ。俺はその男に用があるんだ。てめえみたいな雑魚は失せろ」

「カズマさんをどうするつもりだ⁉」岳士はかばうようにカズマの体に覆いかぶさった。

「とりあえず、違法薬物の所持と公務執行妨害で逮捕して、ゆっくりと話を聞くさ」

番田はスーツの懐から手錠を取り出すと、からかうように左右に振った。そのとき、体の下から「……リョーヤ」と弱々しい声が漏れてきた。

囁くようなカズマの声に、岳士も小声で「はい」と答える。

「ジャケットの内ポケットにスマートフォンが入ってる。それを抜き取れ」

「え、なんですか？」

「いいからさっさとしろ。あの刑事に気づかれるな」

カズマは表情をゆがめたまま、必死に声を絞り出す。岳士はかすかに頷くと、カズマに覆いかぶさったまま、カズマの内ポケットからスマートフォンを抜き取った。

「ほれ、ワッパは一つしかないからてめえは見逃してやるよ。さっさと消えろ」

岳士を引き剝がした番田は、カズマに手錠をはめる。重い金属音が路地に反響した。

「行け！」

後ろ手に手錠を掛けられたカズマが叫んだ。岳士は「でも……」と戸惑うふりをしてみせる。

「いいからさっさと行け！」

再び怒鳴られた岳士は表情を歪めると、勢いよく身を翻して走っていく。路地を抜け、人を掻き分けながら大通りを数十秒走ったところで岳士はスピードを緩め、手の中にあるスマートフォンを見下ろした。

『なかなかの熱演だったね』

海斗の軽口に答える余裕はなかった。このスマートフォンはカズマがサファイヤの取引に使っていたものだ。サファイヤを欲しがる者は、このスマートフォンに注文を入れてくる。しかし、本当に重要なのはサファイヤの注文ではなかった。

岳士はスマートフォンを操作する。しかし、パスワードを要求する画面が現れるだけだった。思わず舌打ちが漏れる。

『そんなに焦るなって。これも予想どおりだろ。あとは待つだけだよ』

海斗はのんびりした口調で言う。

『とりあえず、緊張して喉も渇いただろ。どこか休めるところに行こうよ』

「ああ、そうだな」

岳士はスマートフォンを握ったまま、深夜にもかかわらず人通りの多い道を進んでいった。


ほとんど客のいない二十四時間営業のファストフード店。店内の一番奥に陣取った岳士は、テーブルの上に置かれたスマートフォンを睨んでいた。

カズマのスマートフォンを手に入れてから、すでに二時間近く経っている。その間に、三件ほど「サファイヤを売ってくれ」という電話が入ったが、「もう品切れだ」と切っていた。

パスワードでロックされているので着信を受けることしかできない。ただ待つしかない状況に耐えきれなくなった岳士が貧乏ゆすりをはじめると、スマートフォンがぐずるように震えだした。液晶画面には『ヒロキさん』の文字が点滅している。

素早くスマートフォンを手に取った岳士は、通話ボタンに触れて顔の横にもってきた。

「もしもし……」緊張で声が震える。

「……お前、誰だ」

若い男の訝《いぶか》しげな声が聞こえてきた。その後ろでは大音量で音楽が響いている。

「リョーヤです」岳士はいま使っている偽名を名乗る。

「リョーヤ？　俺はカズマに用があるんだ。これ、カズマのスマホだろ。カズマはどこだ」

「……ここにはいません」

「いねえなら、さっさとあいつを探してこい！」

怒鳴り声が鼓膜に叩きつけられるが、岳士は「無理です」と抑揚なく答える。

「……無理ってどういうことだよ？」

「カズマさんはさっき警察に逮捕されました」

電話の奥から息を吞む音が聞こえてきた。

「……逮捕って、何があったんだ⁉」

「サファイヤの取引をしていたところを刑事に見つかったんです」

「あいつがそう簡単につかまるか。あいつの空手ならその辺の警官なんて相手にならない」

「相手は熊みたいな刑事で、元機動隊員とか言っていました」

絶句したのか、声が聞こえなくなる。岳士は無言で相手の反応を待った。

「……で、お前は一体誰なんだ？」

動揺から少しは回復したのか、男は押し殺した声で訊ねてきた。

「ですから、リョーヤです。カズマさんの下で働いていました」

「なんでお前がカズマのスマホを持ってる？」

「連行される寸前、カズマさんが俺に預けたんです。このスマホは重要なものだから、絶対警察に渡すわけにはいかないって」

「……たしかにそのスマホは重要だ。チームのメンバーとか、商売相手の連絡先が入っている。そんな重要なものを、カズマはどこの馬の骨とも分からねえお前に預けたってわけか」

男の声に疑念が滲《にじ》む。

『こう答えろ。いいか』

海斗の指示が聞こえてきた。岳士は意識を集中させると、その通りに答えていく。

「一緒に仕事するようになってそんなに経っていませんけど、カズマさんは俺によくしてくれていました。だから、さっき俺、必死にカズマさんを助けようとしたんです。けれど、その刑事がめちゃくちゃ強くて。そしたらカズマさんが『俺の代わりにこれをもって逃げて、連絡が来るのを待つんだ』って、このスマホを押し付けてきたんです。だから俺、刑事を振り払って必死に逃げました。そして、ずっと連絡が来るのを待っていたんです」

情感を籠《こ》めて言う。ここが勝負所だった。ここで信用されれば、これまで固く閉ざされていたチームの内部に一歩踏み込むことができる。

電話の向こう側から、アップテンポの音楽とともに、考え込む雰囲気が伝わってくる。

『あと一押しって感じだね。それじゃあ、こんなのどうだい』

楽しげに再び海斗が指示を出してくる。岳士は頷くと、再び口を開いた。

「カズマさんに託されたこのスマホだけは、どんなことがあっても守りたいんです。これはスネークにとって重要なものなんですよね？　教えてください。これをどこにもっていけばいいか。俺があの刑事に見つかる前に」

できるだけ切羽詰まった様子で岳士は言う。スマホの奥からため息が聞こえてきた。

「たしかに、そのスマホは回収しとかないとな。お前、いまどこにいる？」

「六本木ですけど」

「それならちょうどいい、いまから言う場所に来い。できるだけ早くな」

男は早口で場所を告げると、「分かったな」と通話を切った。岳士は大きく息を吐く。

『今夜、二度目の熱演お疲れさん。けれど、これからが本番だ。気合入れなよ』

「分かってる」

スマートフォンをポケットにねじ込んだ岳士は、椅子から腰を上げる。

『しかし、まさかあの場所に来いとはねぇ』

海斗がぼそりとひとりごつように言った。

けたたましいダンスミュージックが全身に叩きつけられる。熱にうかされたような表情で体を揺らしている男女を掻き分けながら、岳士はフロアの奥に向かっていた。

見知った場所だった。彩夏に最初に連れてこられたクラブ。そこのＶＩＰルームこそ、電話の男が指定した場所だった。

フロアを横切ると、革張りの扉が幾つか並び、その前には黒いスーツを着たバウンサーたちが直立不動で立っている。岳士は指示されたとおり、『№３』と記された扉の前へと向かう。バウンサーの一人が無言で岳士の前に立ち塞がった。

「スマホの件でヒロキって人に、ここに来るように言われたんだ」

電話を切る際、男は「俺はヒロキだ。バウンサーには話を通しておく」と言っていた。

バウンサーはほとんど表情を変えることなく横にずれると、重そうな扉を開いてくれた。岳士は「どうも」と部屋の中に入り、素早く室内に視線を走らせる。

光沢のある壁と床でできた十畳ほどの部屋の中心に、Ｕ字形の革張りのソファーが置かれていた。ガラス製のローテーブルには高そうな酒のボトルがいくつも載せられている。天井からは巨大なシャンデリアがつり下がっていた。煌《きら》びやかで、妖しい雰囲気の部屋。

岳士はソファーに視線を向ける。若い男と、露出度の高い服を着た女が三人ずつそこに座っていた。ソファーの中心に座るドレッドヘアーの男を見て、岳士は思わず声をあげそうになる。その男に見覚えがあった。早川の資料にあった写真に写っていた男の一人。

「お前がリョーヤってやつか？」

ドレッドヘアーの男が声を上げる。岳士が頷くと、男はテーブルの上にあった押しボタンに手を伸ばした。部屋の外にいたバウンサーが二人、中に入ってくる。

「ちょっと大切な話があるんだ。女たちを追い出してくれ」

女たちの間から不満の声が漏れる。

「さっき高い酒飲みまくっただろ。こっからは仕事の時間だ。さっさと失せろ」

彼女たちはぶつぶつと文句を垂れながら出て行った。三人の男と岳士だけが残される。

「俺がさっき電話で話したヒロキだ。カズマのスマホはもってきたか」

岳士が「はい」とポケットに手を入れると、両脇に座っていた二人の男が身構える。

『かなり警戒しているね。拳銃でも持っていると疑っているのかねえ』

海斗の呑気な声を聞きながら、岳士は男たちを刺激しないように慎重にポケットからスマートフォンを取り出し、ヒロキに手渡した。

「たしかにカズマのスマホだ。これが警察に渡ったら、ことだった。よくやったな」

上機嫌に手の中でスマホを弄《もてあそ》ぶヒロキを、岳士はじっと見つめる。

「ん？　もう用はないだろ。さっさと失せろよ」

「俺は刑事に逮捕される危険を冒してまで、そのスマホを必死に守ってきたんです。その努力に見合った褒美《ほうび》をもらえませんか」

前もって海斗と打ち合わせしていた通りのセリフを口にする。

「さっきはかっこいいことほざいといて、結局は金かよ」ヒロキの顔に軽蔑の色が走った。

「金なんていりません」

「じゃあなんだ、酒か、クスリか、それとも女か」

「いえ、仕事をください」

「仕事？」ヒロキの細く整えられた眉がピクリと動く。

「カズマさんは重要な人物だったんですよね。その人が逮捕されたのは大きな問題のはずだ」

「……まあ、そうだな。それで、なにが言いたいんだよ？」

睨め上げてくるヒロキに向かって一歩詰め寄ると、岳士は張りのある声で言った。

「俺にカズマさんがやっていた仕事をさせてもらえませんか？」

「ああ？　カズマの代わりをやりたいだぁ？」

脅しつけるようにヒロキが言う。岳士は動じることなく、「はい」と頷いた。

「お前さ、カズマがどんな仕事をやっていたか分かってんのか？」

「詳しくは聞いていません。けれど、どんなことでもやります。カズマさんが戻ってくるまでの間だけでも、俺に任せてもらえませんか？」

番田にカズマを逮捕させ、その代わりに組織の懐《ふところ》に入る。海斗が考えたその作戦の成否はこのやり取りにかかっている。どうにかしてヒロキの信頼を得る必要があった。

「小遣いならやるから、さっさと帰りな」

ヒロキは長財布から一万円札を十枚ほど取り出し、差し出してくるが、岳士は動かなかった。ヒロキの唇が歪む。

「てめえ、調子に乗ってんじゃねえぞ。お前みたいなガキに、カズマの代わりが務まるわけがねえだろ。怪我しないうちに、金持ってさっさと消えろ」

「どうやって俺に怪我させるっていうんですか？」

平板な声でつぶやく岳士の前で、ヒロキは「ああ？」と苛立ちの声を上げた。

「ですから、どうやって俺に怪我をさせるっていうんですか？　もしかして、そこの二人が俺をたたきのめせるとでも？　そいつら、ボディガードか何かですか？　それなら、代わりに俺を雇ってくださいよ。ずっと役に立ちます」

男たちが気色ばんで立ち上がろうとする。しかし、ヒロキに「やめろ！」と一喝され、顔を紅潮《こうちょう》させながらもソファーに腰を戻した。

「お前、この二人相手に勝てるっていうのか？」ヒロキの唇に、嘲《あざけ》るような笑みが浮かぶ。

「ええ、もちろんです」

再び立ち上がろうとする二人の男を、ヒロキは腕で制した。

「それなりに喧嘩《けんか》慣れはしているけどな、こいつらは別にボディガードってわけじゃねえよ。ボディガードはカズマだ」

「カズマさんが？」

「ああ、そうだ。といっても、四六時中俺についてるわけじゃねえ。でかい取引があるときに、その場に立ち会うんだよ。トラブルになったとき対処するためにな。うちの組織の中でもあいつは武闘派の貴重な人材だった。お前がその代わりをできるっていうのか？」

岳士が「できます」と即答すると、ヒロキの顔から潮が引くように嘲笑が消えていった。

「……本気で言っているのか？」

「ええ、どうすれば証明できますか？」

岳士が挑発的に言うと、ヒロキは両脇の男たちに軽く目配せをした。

『この男がなんて答えるかわかっているよね？』海斗が囁いてくる。

もちろんだ。岳士はヒロキに気づかれないように、かすかにあごを引いた。それと同時に、普段は消えている左手の感覚が戻ってくる。岳士は左の拳を握り込んだ。

「この二人相手にして勝ってみろよ。できたら、お前をカズマの代わりに雇ってやる」

ヒロキがそう言うや否や、二人の男たちがソファーから立ち上がろうとする。しかし、その前に岳士は動いていた。近くにいる男に素早く近づくと、左手でその肩を軽く押す。中腰の状態だった男は、倒れこむように再びソファーに腰掛けた。

驚きの表情を浮かべて見上げてくる男に向かって、岳士は素早く右ストレートを打ち下ろす。狙いすました拳が、こするように男の顎先をとらえた。ちっ、という音とともに、男の顔が一瞬ぶれる。頭部に加わった遠心力が脳を激しく揺らし、男の意識を根こそぎ刈り取った。

『後ろ！』海斗の声が響く。

「分かってるよ」

反射的に答えながら、岳士は振り返る。もう一人の男が、テーブルに置いてあったシャンパンのボトルを振り上げて襲い掛かってきていた。岳士は左腕を上げて頭をガードする。甲高い音が響き、前腕に叩きつけられたガラス瓶が砕け散った。

鋭い痛みに顔が歪む。見ると、腕に切り傷が走り、血が滲んでいた。割れた瓶で切れたらしい。岳士は小さく舌打ちをすると、後ろ足で床を蹴って男との間合いを一気に詰めた。

割れた瓶を再び振り上げた男の懐に潜り込んだ岳士は、左腕を折りたたみつつ、腰を勢いよく回転させる。左拳が男の肝臓に突き刺さった。手から落ちた瓶が床で砕け、男は腹を押さえて膝をついた。その口から、苦痛のうめき声とともに、飲んでいた酒らしき液体が零《こぼ》れだす。一瞬で二人を無力化した岳士は、ファイティングポーズを解きつつヒロキを見る。

『さすがだね』

海斗が賞賛の声を上げたとき、背後で扉が開いてバウンサーが二人なだれ込んでくる。

倒れている男たちを見て、彼らの表情がこわばった。

『これは……、ちょっとまずいかな』

岳士は「ああ……」と再び身構える。バウンサーたちは岳士より一回りは体格が大きく、さらに腕は丸太のように太かった。

一対一ならともかく、二人同時に相手にするのはやっかいだ。岳士が乾燥した唇を舐めると、バウンサーたちがじりっと間合いを詰めてきた。

「やめろ！」

部屋に怒声が響く。飛び掛かってこようとしていたバウンサーたちの体が大きく震えた。

「けれど、そちらのお二人が……」バウンサーの一人がおずおずとつぶやく。

「飲み過ぎで倒れているだけだ。さっさと出て行けよ。これから大切な話があるんだ」

彼らは顔を見合わせて動かない。

「さっさと消えろって言っているだろ！」

ヒロキが声を荒げながら手を振る。バウンサーたちは躊躇《ためら》いがちに部屋から出ていった。

扉が閉まると、ヒロキが何かを放ってくる。左手が勝手に動き、その物体を受け取った。

「カズマ……さんの、スマートフォン？」

左手が摑んでいるものを見て、岳士は首を捻る。

「ロックは外しておいた。お前が持っていろ。それに連絡が入るから」

「連絡、ですか？」

「『仕事』が入ったときの連絡に決まっているだろ。そのスマホに詳しい時間と場所をメールするから待ってろ。予定では明後日に取引があるから、まずはそれだな」

「それじゃあ、俺を……」

「ああ、お前がカズマの後釜だ。ようこそ、『スネーク』へ」

ヒロキは唇の端を上げると、大仰に両手を開いた。

4

前方にウィークリーマンションが見えてきた。岳士は左の前腕にハンカチを当てながら歩を進めていく。白いハンカチに血が赤く滲んでいた。

『やっぱり、白だと目立つね。さっきから、ちょこちょこすれ違う人が振り向いているよ』

「仕方がないだろ。この色しか売っていなかったんだから」

数時間前、カズマのスマートフォンを受け取った岳士はクラブをあとにした。目的は達成したので、電車の始発までファストフード店ででも時間を潰そうと思ったとき、左腕を生温かい液体が伝った。見ると、立ちまわりで負った切り傷から血が滲み出していた。ギザギザに刻まれた傷から血が溢れる光景はなかなかに痛々しく、行き交う者たちが奇異の目を向けてきた。

いくら懐の深い夜の六本木とはいえ、血を流しながら徘徊《はいかい》していれば目立つ。巡回中の警察官に見つかれば、職務質問を受けるだろう。それを避けるため、近くのコンビニエンスストアで止血用にハンカチを買い、ネットカフェの個室に入って時間を潰すことにした。

始発までのつもりだったが、緊張と疲労で消耗していたのだろう。個室に入って座り心地のいい椅子をリクライニングしたところで睡魔に襲われ、そのまま五時間以上寝てしまい、ネットカフェを出るころには完全に日は昇っていた。通勤中のサラリーマンで溢れる電車で川崎に向かいながら、岳士はできるだけ傷を見せないように左腕にハンカチを当て続けた。

『とりあえず、家に帰ったら消毒しないとね。化膿したら大変だ』

海斗は駅前のドラッグストアで買った消毒薬や包帯が入ったレジ袋を振る。

「左手動かすなよ。痛いだろ。なあ、左腕の感覚なくしてくれないか」

いまは左手首より先が海斗の『領域』なので、前腕の傷の痛みはしっかりと感じていた。

『嫌だよ。いま前腕まで「領域」を広げたら、僕が痛いだろ』

にべもなく断られた岳士はマンションのエントランスへと入る。エレベーターで五階に到着すると、ハンカチをポケットに押しこみ、代わりにキーケースを取り出しながら外廊下を進んでいく。そのとき、隣の部屋の扉が開き、彩夏があくびをしながら姿を現した。普段通りのタンクトップ姿の彩夏は、岳士に気づくと大きく手を振る。

「おはよう、岳士君。いまバイト帰り……」彩夏の顔から笑みが引いていく。

慌てて左腕を後ろに隠した岳士に、彩夏はつかつかと近づいてきた。

「どうしたの、その傷⁉」

「いえ……、バイト中にちょっと怪我しちゃって……」

「ちょっとっていう怪我じゃないじゃない。ちゃんと病院行かないと」

「見栄えは悪いですけど、そんな深い傷じゃないんですよ。すぐに血も止まったし」

「けれど、ばい菌とか入ったらどうするの。やっぱり病院に行って診てもらうべきだよ」

「いや、本当にそこまでするほどのものじゃ……。ちゃんと消毒薬とかも買ってきましたし」

岳士は媚《こ》びるような表情を浮かべながら、レジ袋を彩夏の前に差し出す。病院を受診するのは避けたかった。もしかしたら、警察から病院へ情報が行っている可能性もある。

彩夏は硬い表情で十数秒黙り込んだあと、岳士の右腕を摑んだ。

「あの……何を？」

「いいから来て」

戸惑う岳士の手を引いた彩夏は、自室の扉を開けて中へと入る。

「ほら、ぼーっとしてないで、靴を脱いで上がってよ」

彩夏が促してくる。岳士は「はあ」と呆けた返事をすると、言われるままに靴を脱いだ。

彩夏は岳士の手を引いたまま、小型の冷蔵庫が置かれたキッチンのある短い廊下を進み、扉を開ける。その瞬間、ラベンダーの香りがふわりと岳士の鼻先をかすめた。

床には柔らかそうな絨毯《じゆうたん》が敷かれ、ベッドのそばに化粧品が並べられた鏡台があった。デスクの上にはファッション雑誌と、アロマオイルの小瓶が置かれている。

シングルベッド、デスク、テレビなどの備え付けの家具は同じはずなのに、資料などがデスクに山積みになっている自分の部屋と比べると、やけに落ち着いた感じがする。いかにも大人の女性の部屋といった雰囲気に緊張してしまう。

「とりあえず、ベッドに座って」

彩夏は岳士の手からドラッグストアのレジ袋を取り、ベッドを指さす。岳士は言われるまま、淡いピンク色のベッドカバーが掛けられたベッドに腰を下ろした。岳士が使っている毛布とは比べ物にならないほどの柔らかさが臀部を包み込む。同時に、ラベンダーの香りに混じって、かすかに官能的な汗の匂いが鼻先をかすめた。

岳士はそっとベッドカバーに手を触れる。このマンションにやって来た日に壁越しに聞いた嬌声が耳に蘇り、顔が火照っていく。

マットレスが少し左側に沈み込む。顔を上げると、いつの間にか彩夏がすぐ隣に腰掛けていた。間近で彩夏に顔を覗き込まれた岳士は、再び顔を伏せる。緊張でめまいすらしてきた。

「どうしたの、そんな固まっちゃってさ。女の部屋に入るの、初めてってわけじゃないでしょ」

岳士は「いえ……」と弱々しくつぶやく。

「あれ？　もしかして初めてだった？　彼女とかいないの？」

「……何人かで、同級生の女子の部屋で勉強会とかしたことならあります」

俺はなにを馬鹿正直に答えているんだ。自己嫌悪に襲われる。

「けれど、部屋で二人っきりになるのは初めてなんだ？」

からかうような彩夏の声を聞いて、惨めな気分になる。

「意外だな。岳士君、スポーツマンって感じだからモテそうなのに」

たしかに全くモテなかったわけではなかった。何度か同級生の女子に告白されたことはあった。ただ、彼女たちと恋愛関係になることはなかった。

脳裏にブレザー姿の少女が浮かぶと同時に、鋭い痛みが胸を貫いた。岳士は唇を噛む。

「ああ、ごめんごめん。別に馬鹿にしてるわけじゃないよ。そんなに固くならないでよ。襲ったりしないからさ。それじゃあ、まずは傷をしっかり消毒してから、包帯巻こうね」

彩夏は岳士の肩を叩くと、いつの間にかデスクの上に用意していたガーゼと消毒薬を手に取る。

「え？　いや、そんなことしてもらわなくても大丈夫ですよ。自分で出来ますから」

「適当にやって終わりにするつもりでしょ。ダメだよ、しっかり手当てしないと。それに片手だと包帯も巻きにくいでしょ。いいから私に任せて」

やや口調を強めて彩夏が言う。岳士は教師に叱られたような気分になり、「はい」と頷いた。満足そうな笑みを浮かべた彩夏は、ガーゼに消毒薬を含ませると、岳士の左手を取る。

「ちょっとしみるけど我慢してね。しっかりばい菌を殺さないと」

彩夏は丁寧に傷を拭っていく。岳士は奥歯を食いしばって、傷の疼《うず》きに耐えた。

「けっこう傷、深いよ。やっぱり病院に行った方がいいんじゃない？」

「……大丈夫です」

彩夏は小さくため息をついて新しいガーゼに消毒薬を含ませた。皮膚をガーゼがこする音だけが部屋の空気を揺らす。居心地が悪く、それでいてどこか温かい雰囲気が部屋に満ちていた。

「あの……」岳士はおずおずと口を開く。「彩夏さん、なんか慣れていますね」

「うん、弟がよく怪我をしていたの。うちの家、母子家庭でお母さんが仕事であまり家にいなかったから、いつも私が消毒していたんだ。だから慣れちゃった」

「弟さんがいるんですね。近くに住んでいるんですか？」

「……ううん、ちょっと離れたところ」

彩夏は手を止めると、遠い目で天井を見つめる。再び、部屋に沈黙が降りた。

「ああ、ごめんね、ぼーっとしちゃって。岳士君には兄弟がいるの？」

軽く頭を振った彩夏は、ぎこちない笑みを浮かべた。

「はい、双子の兄弟が……います」

「へえ、双子なんだ。その子は近くに住んでいるの？」

「……ええ、近くにいますよ。……すごく近くにね」

彩夏が触れている左手に、岳士は視線を落とす。

「そっか、近くにいるんだ。羨ましいな」

彩夏はガーゼをデスクに置くと包帯を手に取り、岳士の左腕に器用に巻いていった。

「はい、とりあえずこれでお終い。あとは定期的に消毒して、包帯もしっかり替えてね」

包帯の端を留めた彩夏は、胸の前で両手を合わせる。

「どうもありがとうございます。助かりました」

礼を言う岳士の目を、彩夏は覗き込んでくる。

「ねえ、本当はどうして怪我をしたの？」

「え？　だからバイトで……」

「コンビニのバイトで、どうしたらそんなひどい怪我するの?」

「それは……、商品の瓶を割って……」

うまい言い訳が思いつかずしどろもどろになる岳士を見て、彩夏はふっと表情を緩めた。

「まあ、いいや。そういうことにしておいてあげる」

それ以上、追及されなかったことに安堵の息を吐いた岳士は、ベッドから立ち上がった。

「どうもお世話になりました」

身を翻そうとしたとき、立ち上がった彩夏が両肩を摑んできた。至近距離で見つめられ、口の中が乾いていく。

震え声で「あの……なにか」とつぶやくと、彩夏は首に両手を回してきた。頰と頰が触れそうな距離、ふわりと膨らんだ髪から柑橘系の爽やかな香りが漂ってくる。

「なにか話したくなったら、いつでも部屋に来て。聞いてあげるから。……二人っきりで」

彩夏が言葉を発するたび耳朶《じだ》に吐息がかかり、妖しい震えが背筋に走る。岳士が慌てて後ずさると、彩夏は小悪魔的な笑みを浮かべて、「じゃあ、またね」と手を振った。

「あ、えっと……失礼します」

頭が熱くなっていくのを感じながら、岳士は逃げるように玄関に向かう。一刻も早くこの部屋から出ないと、理性が保てなくなってしまいそうだった。隣の自室へと入った岳士は、勢いよく閉めたドアに背中をつける。百メートル走でもしたかのように、呼吸も心拍も乱れていた。

『なんかお前、あのお姉さんにいたく気に入られたみたいだね』

「このまま助けたお礼だよ」岳士はからからに乾燥した口腔内を舐める。

『それだけで女性が若い男を自分の部屋にあげるかね。明らかにお前のこと誘っていたしさ』

「ちょっとからかわれただけだって」

『たしかにからかっていた節はあるけれどさ、それにしても普通はあんなきわどいことはしないと思うんだよね。やっぱり、あれってお前のこと誘っているんだと思うよ』

「……女のことに詳しいんだな」

岳士は喉の奥から声を絞り出す。自分と同じ顔をした男と、ブレザーの少女が並んで歩いている光景が脳裏をよぎる。二人の顔には幸せそうな笑みが浮かんでいた。潮が引いていくように興奮は消えていき、その代わりに胸の中に黒く粘着質なものが湧き出てくる。

廊下を進んで部屋に入った岳士は、カズマのスマートフォンを無造作に机の上に放ると、倒れこむようにベッドに横になる。抗議するかのように、スプリングが軋《きし》みをあげた。

『……なあ、岳士、やっぱりあのお姉さんに近づかない方がいいよ』

岳士は横になったまま、視線だけ動かして左手を見る。

「しつこいな。なんでそんなに彩夏さんを嫌がるんだよ」

『だってさ、あのお姉さん、なんか怪しくない？　やっぱり、いくら助けられたからって言ってもさ、急にお前に近づこうとしすぎだと思うんだよね』

「悪かったな、お前と違ってモテなくて」

『そういうこと言っているんじゃないって。純粋に感謝の気持ちからの行動かもしれないけど、それにしても距離が近すぎる気がするんだよね』

「女慣れしていない俺を、彩夏さんが何かの目的で誘惑しているって言いたいのかよ」

『僕が言いたいのは、あの人の行動になにか裏がないか気をつけるべきだってことだよ。最初に男から助けたことも、いま思えば、なんとなく出来過ぎていた気もするしさ』

「なんだよ。彩夏さんが警察官で、俺を監視しているとでも言いたいのか？」

『いや、さすがにそんなことはないと思うけど……』海斗の歯切れが悪くなる。

「忘れたのかよ。彩夏さんは俺たちがここに来る前から、隣の部屋に住んでいたんだぞ。俺を監視しているとしたら、どうやって俺がこの部屋を選ぶって分かったんだよ」

海斗は答えなかった。岳士はかぶりを振る。

「俺が誰と仲よくしようが構わないだろ。左手以外、この体は俺のもんだ。いくら左手に居候しているからって、そこまで構わないでくれ」

吐き捨てるように言うと、岳士は右手で目元を押さえ、海斗の反応を待つ。

『……ああ、そうだね。お前の言うとおりだよ。余計なことを言ってごめんな』

なんで、そんな簡単に謝るんだ。岳士は痛みをおぼえるほどに強く唇を噛む。お前がこんな状態になっているのは全部俺のせいじゃないか。なんで、俺を責めないんだ。犬歯が唇を破ったのか、鋭い痛みが走り、口の中に鉄の味が広がっていく。岳士は目元を覆っていた右手をわずかに上げる。

重苦しい時間が過ぎていく。壁時計の秒針が時を刻む音が、やけに大きく耳に響いた。唐突に部屋の空気が揺れる。見ると、机の上に置いていたスマートフォンが震えていた。

「またかよ」

岳士は緩慢に起き上がると、駄々をこねるように身を震わせるスマートフォンに手を伸ばす。

昨夜、このスマートフォンを受け取ってから、何度も着信があった。そのたびに、ヒロキからの連絡かと身構えていたのだが、全てがサファイヤを売って欲しいという依頼だった。

最初のうちは毎回電話に出て、「いまはサファイヤを売ることはできない」と答えていたのだが、そのたびに「そんなの困る！」「いつになったら買えるんだ？」等の詰問を受けるので、途中から液晶画面に表示される相手の名前だけ確認したあと、着信を拒否していた。

岳士が手に取ると、スマートフォンの震えが止まる。眉をひそめながら確認すると、メールを一通受信していた。

メールフォルダを開いた岳士は目を見張る。送信者の欄には『ヒロキさん』と記されていた。

指令だ！　岳士はせわしなく画面に触れてメールを開く。

「明日の正午　京急本線　六郷土手駅」

メールにはただそれだけが記されていた。

『とりあえず、明日そこの駅に行けばいいみたいだね』

海斗の声を聞きながら、岳士は液晶画面を眺め続けた。

5

照り付ける太陽の下、河川敷に並んでいる野球場の一つで小学生の野球チームが練習をしているのを横目に、岳士は芝生に腰を下ろしていた。二十メートルほど離れたところにある木陰のベンチでは、ヒロキが足を組んでスマートフォンを操作している。さらに土手の上では、ヒロキの部下の男二人が、強い日差しに顔をしかめていた。

岳士は腕時計に視線を落とす。時刻は午後一時になるところだった。

一時間前、メールで指定された通り、京急本線の六郷土手駅に到着すると、すでにヒロキたちが待っていた。真夏だというのに革製のジャケットを羽織っているヒロキは、近づいてくると無言のまま一枚の紙を手渡した。そこには、この多摩川の河川敷までの地図と、そこまで一人で行き、橋の下で座って待機しているようにと書かれていた。

戸惑いつつも、岳士は指令通り十分ほど歩いてここへと到着した。それから数分して、二人の男たち、続いてヒロキもやって来て、少し距離を置きながら待機を続けている。

「ここで何をするつもりなんだろうな」

岳士はサマージャケットから覗く首筋を拭う。

『サファイヤの取引に決まっているだろ。ほら、あの男たちが持っているもの見ろよ』

海斗は左手で、土手の上に立つ男たちを指さす。男の一人は小ぶりのリュックサックを、もう一人はクラッチバッグを持っていた。

『きっとあのリュックの中にサファイヤが入っているんだよ』

「こんな場所で取引するのかよ？　普通、夜の港とかでやるもんじゃないか」

『そんないかにもな場所ではやらないんだろうね。逆にここなら見られても、こんなところで違法薬物の取引なんてしているとは思われないよ。まとまって動かないのも、全員が捕まったりしないようにするための用心じゃないかな。結構、考えているね』

「けれどこんな開けた場所で？　俺はてっきり、組織の本拠地みたいな場所で取引するんだと思っていたよ。そうすれば、スネークって組織について色々と情報が手に入れられたのに」

『取引相手だって、こっちのテリトリー内に入りたくはないだろ。こじれたとき、なにされるか分かったもんじゃないし。そう簡単にはいかないさ』

海斗が指をひらひらと動かしていると、ヒロキが立ち上がってこちらに近づいてきた。

「時間だ。ついて来い」

目の前を通り過ぎながら、ヒロキが声をかけてくる。岳士は立ち上がると、緊張しつつ彼の後ろを歩いていく。大股で土手を下りたヒロキは、誰も使用していない野球場へと向かうと、三塁側のベンチに入って苛立たしげに髪を掻き上げた。

「まったく、今日は暑いよな。さっさと終わらして帰りてえよ」

土手の上で待機していた男たちもベンチに入ってきた。

「あの、ここで何をするんですか？」

「うるせえな。てめえは指示があるまで黙っていりゃいいんだよ！」

岳士が質問すると、リュックを持った男が怒声を上げる。先日、右ストレートで失神させた男だった。もう一人の、クラッチバッグを持った男も険しい視線を送ってきている。ボディブローで肝臓を抉《えぐ》られたことを根に持っているのだろう。

「静かにしろよ。目立ったらどうするんだ」

押し殺した声で男たちを一喝すると、ヒロキは岳士を指さした。

「俺がこいつをボディガードに使うって決めたんだ。なにか文句でもあんのか？　いまから重要なビジネスなんだ。下らねえゴタゴタを持ち込むんじゃねえ」

男たちが渋々といった様子で頷くと、ヒロキは「来たぞ」とつぶやいた。

岳士はヒロキの視線の先を目で追う。橋の手前の車道に停まっているワゴン車から、三人の若い男が降りてきた。彼らは土手を下り、まっすぐにこちらに向かってくる。

「久しぶりやね、ヒロキさん」

ベンチの前までやって来ると、先頭に立つ金髪の男が軽薄な笑みを浮かべた。こちらも、真夏だというのにジャケットを羽織っている。

岳士はヒロキの横に立ちながら、金髪の後ろに控える男たちを観察する。二人ともかなり体格がいい。あちらのボディガードなのだろう。彼らも岳士に鋭い視線を向けてくる。

もしトラブルになったら、この二人を相手にしなくてはいけない。同時に襲い掛かられたら厄介だ。できるだけ早く一人をＫＯし、残りの男との一対一に持ち込まなくては。

岳士が頭の中で作戦を練っていると、金髪の男は「しかし、今日はほんまに暑いなあ」とつぶやきつつ、ジャケットの内側に手を忍ばせる。

武器⁉　重心を落とす岳士を、ヒロキが片手を突き出して制した。

ジャケットの懐から抜いた金髪の男の手には、厚い茶封筒が握られていた。

「それじゃあ、確認お願いしますわ」

金髪の男が差し出してきた茶封筒を受け取ったヒロキは、それを開く。岳士の喉から「うっ」と声が漏れた。中には札束が詰め込まれていた。少なく見積もっても数百万円はある。

封筒をジャケットの懐に素早くしまったヒロキは、振り返ってリュックを持った男に目配せをする。男はリュックを肩からおろし、金髪の男に手渡した。

金髪の男はリュックのジッパーをわずかに開ける。さっき海斗が予想した通り、中にはぎっしりとサファイヤの入った容器が詰め込まれていた。

金髪の男は「まいど！」と快活に言うと、後ろに控えていた男たちとともに再び土手を上がり、ワゴン車に乗り込んだ。

「よし、それじゃあ引き上げるか」ヒロキは首の骨を鳴らす。

「え？　もう終わりですか？」岳士は目をしばたたかせた。

「今回の相手は何度も取引しているから、スムーズに進むんだよ。昔は色々ともめたけど、最近じゃある程度商売相手が固定されてきたから、めったにトラブルなんか起こらねえよ」

「それじゃあ、なんで俺を連れてきたんですか？」

「商売に絶対はねえ。それに、サツに見つかる可能性もゼロじゃねえ。そのときは、お前が身を挺して俺たちを逃がす。それがお前の仕事だ。分かったな」

岳士が頷くと、ヒロキはあごをしゃくる。後ろに控えていた男が、無造作に岳士にクラッチバッグを押し付けてきた。

「これは？」

「報酬だ。今回はかなりでかい取引だし、初仕事ってことで少し色付けておいてやった」

「報酬？」つぶやきながら、クラッチバッグを開いた岳士は息を呑む。中には、数十本のサファイヤが詰め込まれていた。

「なんだよ、その顔は。カズマはいつも『それ』を受け取っていたんだよ。お前は現ナマの方が良かったか？　ただ、そっちを売りさばいた方が、ずっと儲《もう》かるぞ」

『カズマはボディガードで稼いだサファイヤを売って儲けていたみたいだね』

海斗の声を聞きながら、岳士はバッグの中のサファイヤを見つめ続ける。

「どうするんだよ。金の方がいいなら、それを返しな」

ヒロキに急かされた岳士は一瞬躊躇ったあと、バッグを返そうとする。そのとき、海斗が『だめだ！』と叫んだ。岳士は慌ててバッグを持つ手を引く。

『サファイヤをもらった方がいい。その方が、この薬を扱っている連中に近付けるはずだ』

「やっぱり、こっちをもらいます」岳士は両手でバッグを抱えた。

「オーケー、これで報酬も払ったし、今日はお開きだ。お前はタクシーで帰りな。そんなもん持っているときに、サツに職質でもされたらお終いだからな」

ヒロキの言葉に頷いていると、腰のあたりに振動が伝わってきた。ポケットに入れていたカズマのスマートフォンを取り出す。画面には『カナコ』と表示されていた。

またかよ。岳士は『拒否』のボタンに触れる。この『カナコ』という人物からは、この二日間ですでに十回以上の着信があった。

「誰からだ？」ヒロキが手元を覗き込んでくる。

「サファイヤを売って欲しいっていう連絡です。ひっきりなしにかかってくるんですよ」

「こんな時間にか？　カズマは週三回、午後九時以降に六本木でしか商売していなかったぞ」

「けれど、何人かが関係なく電話かけてきているんですけど」

「ああ、そいつら、名前が登録されている奴らだろ」ヒロキの顔に嘲笑が浮かぶ。「そいつらは『上客』だよ。サファイヤなしでは生きられない奴らだ」

「……サファイヤの奴隷、ですか」

「おっ、洒落た言い回し知ってるな。そう、その奴隷ってやつだ。何回もしつこく電話かけてきているってことは、いまごろサファイヤが切れて、禁断症状が出ているんだよ」

岳士は何度も見たサファイヤの奴隷たちの姿を思い出す。目を血走らせ、口から涎《よだれ》を垂らしながら、サファイヤを乞い求めた者たち。鼻の付け根にしわが寄る。

「そいつらにだけは、さっさと売ってやった方がいいぞ。サファイヤの禁断症状は強烈だからな。苦しすぎて自殺する奴だっているからよ」

笑い声をあげると、ヒロキは部下の男たちとともに去っていった。

『いやあ、想像以上のクズだね』

「……俺たちはそのクズの片棒を担いでいるんだよな」

『冤罪を晴らすためなんだから仕方がないって。片棒を担いでいるわけじゃないさ』

海斗の慰めを聞いても、胸にはびこるもやもやとした思いは消えなかった。

ついさっき、金髪の男に渡した大量のサファイヤ。あれによってどれだけの人間が廃人になるのか……。暗澹《あんたん》たる気持ちに顔をしかめていると、再びスマートフォンが震えだした。

画面に映る『カナコ』の文字を眺めた岳士は、ゆっくりと『通話』のアイコンに触れた。

この街にも慣れてきたな。サファイヤの取引に立ち会った日の深夜、地下鉄日比谷線の改札を出て地上へ上がった岳士は、様々な人種の人々が行き交う六本木交差点を眺める。

彩夏に連れられて初めて来たときは、妖しく危険な雰囲気を醸し出しつつも、心の柔らかい部分をくすぐる気配に圧倒された。しかし、いまはなんの感慨もおぼえなくなってきている。いや、それどころか、都会のくすんだ空気にかすかな嫌悪すら感じはじめていた。

ほんの少し前まであんなに東京に憧れていたのにな。苦笑を浮かべながら、岳士は家出をしてからのことを思い起こす。

多摩川の河川敷で男の死体を見つけてから、人生が一変した。殺人犯の汚名を着せられ逃げ回っているうちに、いつしか違法薬物の売買にまで手を染めるようになってしまった。普通の高校生として学校に通っていたのが、何年も前のことのように感じる。

……いや、そうじゃない。岳士は左手に視線を落とす。左手に海斗が宿るきっかけになったあの事故から、俺の人生は、俺自身は完全に変わってしまった。

変わった……。俺は果たして、あの事故の前の『俺』と同じ人間なんだろうか？

未知の生物を見るような両親の眼差しがフラッシュバックし、岳士は息苦しさをおぼえる。

『どうした？　大丈夫かい？』

「……ああ、大丈夫だ」

『それなら、さっさと待ち合わせ場所に向かおうよ。あんまり時間がないぞ』

昼にヒロキたちが立ち去ったあと、『カナコ』という人物からの着信を受けると、スマートフォンから若い女の甲高い声が響いてきた。

「なんで何回も連絡しているのに、全然出てくれないのよ⁉　もうサファイヤが全然ないの！　お願いだから早く売ってよ！　お願いだから！」

　鬼気迫る口調に圧倒されつつ、カズマがサファイヤを売れなくなったことを伝えたうえで、岳士は提案した。どうしても必要なら、カズマの代わりに自分がサファイヤを売ると。

「誰でもいいから早く売ってよ！」

　悲痛な叫び声を返した女に、岳士は深夜に六本木で会うことを約束して通話を終えた。

　歩きながら、腰に巻いたウェストバッグに右手で触れる。中には、今日ヒロキから受け取ったサファイヤが入っている。できることならサファイヤを持ったまま夜の街を移動するのは避けたかったが、自分はカズマとは違い運搬用の部下を持っていない。どこかにサファイヤを置いて、取引のたびに運ばせるという方法はとれなかった。

　岳士は緊張を息に溶かして吐き出しながら、足を進めていく。どの道を使えば警官と出くわすリスクを抑えることができるか、カズマの下で働いた経験で分かっていた。

　表通りを避けて進み、目的地である西麻布の雑居ビルわきの細い路地に着いた。腕時計に視線を落とす。あと十分ほどで日付が変わる時間だ。午前零時にこの路地で待ち合わせなのだが、路地に人影は見えなかった。

「まだ来ていないみたいだな」

『そうだね。あの様子だから、先に来て待ち構えているものだと思っていたけど』

小声で話しながら、暗い路地を奥に進んでいく。ビルの外壁に設置された、錆《さび》の目立つ外階段のそばを通り過ぎようとしたとき、その下で何かが蠢《うごめ》いた。驚いて飛びすさった岳士は、両腕をあげてファイティングポーズをとる。

「あなたが……カズマの代わりの人……？」

か細い声が響いてくる。目を凝《こ》らすと、外階段の下で女がうずくまっていた。

おそるおそる彼女に近づいた岳士は目を見張る。想像していたよりも遥かに若い。おそらくは自分と同い年ぐらいだろう。細かく震えているその体は、セーラー服に包まれていた。

『おい、この子、まだ高校生ぐらいじゃないか。しかも、深夜にセーラー服でこんなところ来るなんて正気かよ。警察に見つかったら、一発で補導されるだろ』

きっと、そんな当たり前の判断すらできないほど追い詰められていたんだろう。こんな子供まで、サファイヤの奴隷になっているなんて……。

棒立ちになっていると、少女が摑みかかってきた。血走った目が岳士を睨みつける。

「訊いてるでしょ！　あなたがさっき電話をした、サファイヤを持っている人なの⁉」

気圧《けお》されて頷くと少女はスカートのポケットに震える手を入れ、一万円札を二枚取り出す。

「早く！　早くちょうだい。もう四日も使ってないの。体が震えて……、苦しくて……」

たった四日間で、こんな状態になるのか？　サファイヤの中毒性に岳士は唖然とする。

「早くしてって言ってるでしょ！　サファイヤ持っているんでしょ！」

少女に怒鳴りつけられた岳士は、慌ててウェストバッグのジッパーを開く。その中に入っている、エメラルドブルーに揺れる薬を見て、少女の目が蕩《とろ》けた。

サファイヤを四本取り出し、バッグのジッパーを閉めようとする岳士の右手を少女が摑んだ。驚く岳士に、少女は媚びるような視線を向けてくる。

「ねえ、四本だけじゃすぐになくなっちゃう。お願いだからもう少しだけちょうだい」

岳士は答えられなかった。思わず四本手に取ってしまったが、これを渡していいのか分からなかった。この少女に必要なのは違法薬物ではなく、医療施設での治療だ。

「お金ならあとでちゃんと払うから。大丈夫、さっきサイトで明日会ってくれる男を見つけたんだ。この制服着て、学生証見せたら、みんなお小遣いはずんでくれるんだよ」

少女がどのようにして金を稼いでいるかに気づき、言葉を失ってしまう。沈黙を拒否として受け取ったのか、少女の顔に焦燥《しょうそう》が浮かんだ。

「明日じゃだめなら、いまからその辺で男を探してくるよ。だから……」

「……やめてくれ」岳士はかすれ声を絞り出す。

「そ、それじゃあさ。いまからあなたとホテル行ってもいいよ。それともここでサービスしようか？　だから、あなたも少しだけサファイヤをサービスして」

少女は倒れこむように跪《ひざまず》くと、岳士の股間に手を伸ばした。

「やめろって言ってるだろ！」

岳士は右手で少女の肩を押す。それほど力を込めたわけではなかったが、小柄な少女は大きくバランスを崩し、地面に両手をついた。

反射的に「あ、ごめん……」と謝る岳士を見上げながら、少女は震える唇を開いた。

「だって……、サファイヤがないと生きていけないの。あれが切れて二日もすると、苦しくて……、死にそうなぐらい苦しくなって……。もうどうしていいのか分からないの」

「けれど、このままずっと使い続けるわけにはいかないだろ」

「分かってる！　でも、どうしようもないの！　だから早くサファイヤをちょうだいよ！」

声を嗄《か》らして叫ぶと、少女は自らの体を抱くように丸まって、細かく震えはじめる。

「サファイヤ……、サファイヤをちょうだいよ……」

蚊の鳴くような声が、細い路地の空気をかすかに揺らした。

『どうするんだよ、この子？』

海斗の問いに答えることなく、岳士はしゃがみこむと、少女の震える背中に手を当てる。

「これ、持っていけよ」

岳士はウェストバッグから十数本のサファイヤを手に取り、差し出す。少女は目を大きく見開くと、襲い掛かるようにサファイヤを奪おうとする。しかし、岳士は素早く右手を引いた。

「これで、当分持つだろ。その間に、サファイヤなしでも生活できるように戻るんだ」

「そんなの……無理だよ」

「無理じゃない！」

首を横に振る少女に、岳士は力を込めて言う。少女の表情に脅えが走った。

「よく聞くんだ。とりあえず四日間はなんとか我慢できたんだろ。今日、サファイヤを飲んだら、次は五日我慢してみるんだ。そうやって少しずつ使わない期間を延ばしていけば、いつかはサファイヤなしでも生活できるようになるはずだ」

「でも、五日も我慢なんて……」

「やるんだ！　そうしないと、これからずっとサファイヤの奴隷として生きていくことになるんだぞ。そんな人生、いやだろ。頑張ってみるって約束すれば、これを渡す」

「なんで……、なんでサファイヤをやめさせようとするのよ？　あなた、売人でしょ？」

禁断症状が強くなってきたのか、少女の震えが大きくなってきた。

「そんなことどうでもいいだろ。それより、約束するのか、しないのか？」

「する！　約束するから、早くサファイヤを！」息も絶え絶えに少女は手を伸ばしてくる。

「明日、男に会うのもやめろ。いまから一本だけサファイヤを使って落ち着いたら、持っている二万円でタクシーを拾って家に帰るんだ。いいな？」

「分かった！　分かったから！」

岳士は少女にサファイヤを渡す。両手でひったくるようにそれを受け取った少女は、せわしなくそのうちの一本を開けると、その中身を一気にあおった。数十秒で、少女の様子に変化があらわれはじめた。全身に走っていた震えが小さくなっていき、苦痛に歪んでいた表情が穏やかになっていく。次の瞬間、少女は天を仰ぐと、「ああっ」という喘《あえ》ぎを漏らした。

「ありがとう。本当にありがとう」

少女は岳士の右手を取ると、潤《うる》んだ目で見つめてきながら自らの胸元に当てる。セーラー服の生地を通して伝わってくる柔らかく、それでいて張りのある感触に、岳士の息が乱れた。

暗闇の中、幸せそうに微笑むセーラー服の少女の姿が、脳の奥底に眠る淡い記憶を呼びさます。

「七海《ななみ》……」無意識に口からその名が漏れた。左手の指がピクリと動く。

少女は「え？」と不思議そうに岳士を見上げた。

「いや、なんでもない」岳士は慌てて右手を引く。

「ねえ、あなたはこれからどうするの？　どこか落ち着ける場所で少しお話ししていかない」

少女の目付きには、年齢不相応な艶《つや》っぽさがあった。目の前の少女と、記憶の中の少女が重なり、岳士は頭を振る。

「約束通り、すぐに帰るんだ。そして、時間をかけてサファイヤを抜いていけ。いいな？」

「なんでよ？　せっかくだから一緒にいいことしようよ」

「いいから、すぐに帰れ。約束だぞ！」

岳士は勢いよく身を翻すと、逃げるように路地をあとにする。

早足で夜道を数分進むと、『あれでよかったのかい？』と海斗がつぶやいた。

「なにがだよ？」

『十本以上もサファイヤを渡してさ。本当にあれでサファイヤの奴隷から逃れられると思うか？　どっちかと言うと、さらにサファイヤにはまっていくような気がするんだけど』

「じゃあ、どうすればよかったんだよ？　他にあの子を更生させる方法があったのか」

『そんなこと、僕たちが気にする必要はないんじゃないかな』

突き放すような海斗のセリフに、岳士はライダーグローブを嵌めた左手を睨む。

『だってさ、別にあの子は強引にサファイヤを飲まされたわけじゃないでしょ。きっと興味本位で手を出して、はまっていったんだよ。未成年とはいえ、右も左も分からない小学生ってわけじゃないんだ。自分の行動には責任をもたないと』

「自業自得だから放っておけっていうのかよ？」

『そういうことかな。それに、下手にサファイヤをあげない方があの子のためかもしれないだろ。たしかに禁断症状は苦しそうだけど、あのままサファイヤを使わなければ、いつかは薬物依存も治ったんじゃないかな』

「さっきヒロキが言ってただろ。禁断症状が苦しすぎて自殺する奴までいるって。それなら無理やり治すより、ゆっくり薬を抜いていった方が安全だ」

『まあ、ここで言い争っても仕方ないね。他人のことを気にしている余裕なんて僕たちにはないよ。一刻も早く、殺人の真犯人を見つけて冤罪を晴らさないといけないんだからね』

分かってる。それは分かっているんだ。けれど……。

岳士は口を結んだまま、足を動かし続ける。

『……七海』

海斗がぼそりとつぶやいた。岳士の足が止まる。

『さっきさ、お前、七海って言ったよね？　もしかして、あの子が七海に見えたとか？』

「……うるさい」岳士は喉の奥から声を絞り出す。

『まだ七海に言われたこと気にしてるのかい？　七海だって本気で言ったわけじゃない

んだよ。ただちょっと混乱して……』

「うるさいって言っているだろ！」

岳士は顔の前に左手を持ってくると、怒声を上げる。

『……悪かった。もう言わないよ』

腕を下ろした岳士は、海斗の謝罪に答えることなく、再び夜の六本木を歩きはじめた。


これで、とりあえず全員か。六本木ヒルズの裏手にある公園を出た岳士は首を鳴らす。今夜だけで、セーラー服の少女を含め五人の人物にサファイヤを渡した。その全員が、カズマのスマートフォンに名前が登録されていた『上客』たちだった。いまも公園内で中年のサラリーマン風の男に、五本を売ったところだった。

セーラー服の少女以外は特に禁断症状が出ているわけではなく、金銭的にも余裕がある様子だったので、カズマと同じように一本五千円で売った。岳士はウェストバッグを開ける。数十本入っていたサファイヤが、半分以下にまで減っていた。公園内に立っている時計を見ると、時刻は午前三時半を回っている。

『お疲れさま』

この三時間以上、ずっと黙っていた海斗が声をかけてくる。しかし、岳士は反応しなかった。

『まだへそ曲げてるの？　悪かった。もう七海の話はしない。だから機嫌を直してよ』

海斗から「七海」という名前を聞くたびに、胸が締め付けられる。

俺はまだ嫉妬しているのか。二人からすべてを奪ったっていうのに。怒りの原因が、激しい自己嫌悪を誤魔化すためだということに気づき、さらに気持ちが沈んでいく。

「べつにへそを曲げてなんかいない」

『おっ、ようやく返事してくれたね』

海斗が軽い口調で言ったとき、ジーンズのポケットに入れているスマートフォンが震えた。

「またかよ」

岳士はため息を吐きながらポケットに右手を入れる。さっきから二、三十分ごとに非通知や、登録されていない番号からの着信があった。おそらく『上客』以外の者からのサファイヤの問い合わせだろう。スマートフォンを取り出した岳士の眉間にしわが寄る。

画面には『カナコ』と表示されていた。

『セーラー服の子じゃない。どうしたんだろ？』

「さあな……」不吉な予感をおぼえながら、岳士は電話に出る。

「ねえ、元気ぃー？」

響いて来た甘ったるく、呂律《ろれつ》の回っていない声に、岳士の眉間のしわが深くなる。

「なんの用だよ。もうサファイヤは渡しただろ」

「うん、ありがとねー。おかげですごくいい気分。なんか、自分が体から出ていって浮かんでいるみたい。夜景も綺麗だし、風も音もキラキラ光っているの。天国ってきっとこんな感じなんだろうね。お兄さんもこっち来ない？」

歌うように少女は言う。

「こっちってどういうことだ？　家に帰ったんじゃないのか？」

「家ぇ？　あんなとこに帰るわけないじゃん。ここの方がずっと楽しいし、もう何も怖くないの。ずっとこのままだったらいいのに。こんな幸せなまま、消えられたらいいのに」

「消えるってどういうことだよ？　おい、いまどこにいるんだ？」

スマートフォンに向かって叫ぶが、いつの間にか通話は切れていた。

『なんか、サファイヤでハイになって電話してきたみたいだね』

海斗のつぶやきを聞きつつ、岳士は歩きはじめる。ゆっくりとしたその歩調はやがて早足に、そして小走りになり、最後には大きなストライドで走りはじめた。

『おい、どうしたんだよ？　そんなに急いで』

答える余裕はなかった。胸の中で膨らみ続ける不吉な予感が足を動かしていく。

数分間全力で走った岳士は、雑居ビルに挟まれた狭い路地へと入っていく。少女にサファイヤを渡した路地。息を乱しながら奥へと進んでいくが、そこに少女の姿は見えなかった。

『さっきの子に会いに来たのかい？　もうほっときなって』

海斗の声を無視しながら辺りを見回していた岳士の視線が、一点で止まる。外階段のわきの地面に、小さな空のプラスチック容器が三本落ちていた。サファイヤの容器だった。

「三本も……」

『かなりひどい禁断症状が出ていたからね。反動で自制が利かなくなっていたのかも』

「あの子はどこに行ったんだ⁉」岳士は再び辺りを見回す。

『もうあの子にかかわるなよ。おかしなトラブルに巻き込まれる前に帰ろう』

「このままほっとけるか。あの子にサファイヤを渡したのは俺なんだぞ」

『なにをそんなにこだわっているんだよ。あの子は七海じゃないんだよ』

「黙ってろ！　そんなこと分かってる！」岳士は声を嗄らして叫ぶ。

そう、分かってはいる。けれど、どうしても愛おしい少女の顔が脳裏によぎってしまう。

歯を食いしばった岳士は、はっと顔を上げる。さっき電話で聞いた少女の支離滅裂なセリフ。その中に「夜景が綺麗」という言葉があった。

ということは……。岳士はすぐわきにある外階段を登りはじめる。

『どうしたんだよ、急に？』

「屋上だ。きっと屋上にいるんだ」

金属製の外階段が、ガンガンとけたたましい音を立てる。十階ほどの高さを一気に登り切り、息を切らしながら屋上についた岳士は目を剝く。空調設備だけが置かれた、がらんとした屋上の端。転落防止用のフェンスの外に、セーラー服姿の少女が立っていた。

「ああ、来てくれたんだぁ」振り返った少女は、岳士を見て笑みを浮かべる。

「なにやってるんだよ、そんなところで！」

「なにって、風を見ていたんだ。ほら見えるでしょ、キラキラ光って通り過ぎていくのが」

恍惚の表情を浮かべる少女の姿に、背筋が冷えていく。少女の体はゆっくりと左右に揺れており、その目は完全に焦点を失っていた。

『やばいな、完全にきまってる。まあ、当然か。足元を見なよ』

海斗に促され視線を下げると、空のプラスチック容器が二個落ちていた。

『合計五本、わけが分からなくなるのも当然だね。さすがにこれは助けないとな』

「なあ、とりあえずこっちに来て話をしよう」

岳士は少女を刺激しないよう、柔らかい声で話しかける。

「えー、お兄さんがこっち来てよ。すごく綺麗なんだよ。嫌な現実が全部溶けていって、世界が輝いているの」

少女は踊るように、柵の外の狭い足場で体を一回転させる。

「わ、分かった！　そっちに行くから大人しくしていてくれ」

岳士は慌てて言うと、ゆっくりと少女に近づいていく。少女は酩酊《めいてい》しているように、体を左右に揺らしつつ、ときどき幸せそうな笑い声を漏らしていた。

柵まで三メートルほどのところまで近づいたところで、少女は「ねえ」と声をかけてきた。

「お兄さんもつらいことがあるんでしょ?」

「なにを言って……?」

戸惑う岳士の顔を、少女は指さしてくる。

「顔を見れば分かるよぉ。現実が嫌で、辛くて、苦しくて、逃げ出したい人の顔。私と同じ顔」

岳士の足が止まる。

「お兄さんもさ、私と一緒に全部忘れちゃえばいいんだよ。全部忘れて、全部なくなっちゃえばいいの。そうすれば、なにもつらくなくなる」

「全部忘れて……」

『おい、なにぼーっとしているんだよ。あの子を助けるんだろ』

「あ、ああ……」

海斗の声で我に返った岳士は、足を踏み出そうとする。その瞬間、少女が「こないで!」と甲高い声をあげた。

「私を現実の世界にまた連れ戻す気なんでしょ!」

「べつに変なことはしないよ。ただ、話がしたいだけだ」

「話をするなら、私と同じ場所に来てよ。こっちの世界に来てよ」

「こっちの世界？」

「まだサファイヤを持っているんでしょ。それを飲んだら、こっちに来られる」

「サファイヤを……」

岳士はウエストバッグを見下ろす。十数秒固まったあと、岳士はかすかに震える手で、バッグの中からサファイヤを一本だけ取り出した。

「そう、それを飲んでこっち側に来てよ。そうすれば、全部忘れられる」

全部忘れられる。あの事故のことも……。岳士は何者かに操られているような心地のまま、サファイヤの容器の蓋を右手の親指と人差し指で捻って開けると、顔の前まで持ってくる。

全部忘れて……、全部なくなれば……。ゆっくりと岳士はサファイヤを口元へと運んでいった。

『やめろ！』

海斗の怒声が体を震わせる。唇に触れかけていたサファイヤの容器が手から滑り落ち、こぼれたエメラルドブルーの液体が屋上に吸い込まれていった。

『なに考えているんだ！　それより、さっさとあの子を助けろよ』

「わ、悪い……」

再び少女を見た岳士は、身をこわばらせる。少女の顔から恍惚の笑みが消えていた。

「こっちに来ないんだ……。私はもう、そっちには戻らないよ。幸せなまま消えたいから」

心臓が大きく跳ねる。岳士は無意識に走り出していた。少女の体が後方に傾いていく。右手を思い切り伸ばした。指先が少女の手に触れるが、華奢なその手は、岳士の指の間からするりと抜けていった。岳士は柵から上半身を乗り出し、重力に引かれていく少女に向かって手を伸ばす。しかし、虚空を掻くだけだった。岳士の目に、少女が心から幸せそうな表情を浮かべながら落下していく姿がやけにスローモーションに映った。

少女の姿が次第に小さくなっていき、そして果物が潰れたような音が鼓膜を揺らした。悲痛な叫び声が響き渡る。岳士はその声が、自分の口から迸《ほとばし》っていることに気づかなかった。

絶叫しつつ右手を伸ばしたまま、岳士は眼下の光景を凝視し続ける。やがて少女の体の下から染み出した赤い液体が、アスファルトの上に広がっていった。視界から遠近感が消え去り、地面に向かって吸いこまれていくような感覚に襲われる。

『あぶない！　お前まで落ちるぞ！』

左手が胸元のフェンスを押す。後方へと体を押し返された岳士は尻餅をつくと、右手をゆっくりと顔の前にかざした。指先に、少女の手の感触が残っていた。

助けられなかった。……また助けられなかった。

「つっ⁉」

左手に焼けるような痛みが走り、岳士は顔をしかめる。

いま、左手首から先の『権利』は海斗が持っている。左手の感覚はないはずだ。それなのに、炎に炙《あぶ》られるような痛みが攻め立ててくる。

歯を食いしばりながらライダーグローブに包まれた手に視線を向けた瞬間、脳の奥底から湧きあがった記憶の奔流が意識を飲み込んでいった。

倒れているバイク。燃え上がる火柱。額から頬にかけて広がる温かくぬるりとした感触。固く握り合った手。そして、自分と同じ顔の男。

一筋の炎が、蛇が這うように蠢きつつ近づいてきた。自分と同じ顔にふっと笑みが浮かび、手が振り払われる。そして、伸ばした左手が炎に包まれた。

「やめろぉ！」

頭を激しく振って忌まわしい記憶を頭蓋《ずがい》の外へとはじき出した岳士は、右手で頭を抱える。

遠くから悲鳴が聞こえてきた。おそらく、通行人が少女の遺体に気づいたのだろう。

しかし、岳士は動かなかった。

重力に引かれてスローモーションで落下していく少女と、自分と同じ顔の男。

四ヶ月前、そして数分前の記憶が混ざり合い、精神を苛《さいな》んでいく。

全て忘れてしまいたかった。セーラー服の少女も、河原で発見した遺体も、蒼色に妖しく輝くドラッグも、そして……海斗のことも。

岳士はダンゴムシのように体を丸め、外界と自らの間に厚い殻をつくりはじめる。この触れれば血が滲むようなつらい現実から目を背けるために。意識が自らの内側に落ち込んでいく。光も音も、熱帯夜のべたつく空気も感じなくなっていく。

『なにをしているんだ！』

意識の奥底から声が響いてくる。岳士は奥歯を嚙みしめた。

「……ほっといてくれ」

『ほっておけるか。すぐにここから離れろ。もうすぐ警察がやってくるぞ』

「それが？」

『それがって……』

「どうでもいいだろ、そんなこと」

『なに言っているんだ⁉　あの子はここから転落したんだぞ。警察が来る前に逃げないと』

「もう、どうでもいいんだよ……」

そう、どうでもいい。人殺しとして拘束され、罰を受ける。それは自業自得なんだ。

俺は人を殺しているのだから。生まれた瞬間からそばにいる自分の分身を。

もう疲れた。ここで終わりにしよう。

左腕の感覚が消えていく。次の瞬間、激しい衝撃が頬に走った。小さくなって膝を抱えていた岳士は、屋上に横倒しになる。

頭がくらくらとする。キーンという耳鳴りとともに、突き抜けるような痛みが脳天に走る。この感覚は知っていた。ボクシングで強烈な一撃を受け、ダウンしたときの感覚。

「なにするんだ！」

岳士は自分を殴った自らの左腕を睨みつける。海斗は襟元を無造作に摑み、引っ張り上げた。シャツが小さく破れる。

『これで正気に戻っただろ』

たしかに、さっきまで消えていた現実感が戻ってきていた。強烈なパンチが岳士と現実を隔てていた殻を打ち破っていた。

生温かい風に乗って、遠くからパトカーのサイレン音が聞こえてくる。逮捕されてもかまわないと思っていたにもかかわらず、背筋が冷たくなった。

『まだ大丈夫だ。さっさとサファイヤの容器を回収して逃げるんだ！』

「けれど、俺は……」

岳士が言葉を濁すと、シャツの襟を放した左手が顔の前にかざされた。海斗と目を合わせているような心地になる。

『岳士。よく聞けよ。あの子は僕じゃない』

言い聞かせるような海斗の言葉に、岳士は体を硬直させる。

『あの子は僕じゃないんだ』

同じ言葉を繰り返した海斗は『逃げるぞ』と階段を指さす。

「でも、あの子は俺が渡したサファイヤのせいで……」

『違う！　それは彼女自身の選択だ。お前が責任を感じる必要なんてないんだ』

「けれど……」

『お前はいま、サファイヤの流通ルートの中枢に食い込んでいる。うまくいけば、サファイヤの供給元を絶って、これ以上あの子みたいな犠牲者をださないで済むようになるかもしれない。そのためにはいま警察に拘束されるわけにはいかないだろ』

思考のまとまらない頭に、海斗の説得が染みこんでくる。岳士はゆっくりと体を起こした。判断に迷ったら海斗の言葉に従う。幼い頃からの行動原理が体を動かす。パトカーのサイレン音は、もうすぐそばまで近づいていた。

『いますぐに逃げるんだ！』

その声を合図に、岳士は立ち上がる。屋上に散乱しているサファイヤの空容器を拾うとズボンのポケットにねじ込み、外階段へと向かう。大きな金属音を立てながら階段を駆け下りている途中で、パトカーのサイレン音が止まった。警官が現場に到着したのだろう。

外階段がある狭い路地の奥は行き止まりになっている。路地から出るためには、少女が墜落した表通りに向かうしかない。もし、そちらから警官が来たら一巻の終わりだ。

階段を駆け下りた岳士は、そこにも落ちていたサファイヤの容器を拾い上げると、路地の出口へと走り、ビルの陰から表通りをうかがう。回転灯を灯したパトカーが車道に停車し、二人の警察官が倒れている少女の傍らに立っていた。数人の野次馬が、スマートフォンで撮影しながら現場を遠巻きに眺めていた。

誰もが少女の遺体に視線を集中させている。いましかない。

岳士は呼吸を整えながら路地から抜け出すと、騒ぎを背に歩きはじめた。目立たぬよう、スピードを上げようとする足を必死にいさめながら進んだ岳士は、十字路を曲がった瞬間、体を前傾させて走りはじめる。

あの現場から、そして自分のせいで一人の少女が命を落としたという現実から少しでも遠くに逃げたかった。脳裏に笑みを浮かべながら落下していく少女が繰り返し蘇る。それはいつの間にか、自分と同じ顔をした男が落下していくシーンへと変化していった。

嘔気《おうき》をおぼえた岳士は、慌てて足を止めるとブロック塀に右手をつき、激しくえずいた。粘ついた胃液が口からこぼれ落ちる。焼け付くような苦みが口腔内を冒した。

『……ここまで離れれば大丈夫。もう始発も動いている時間だ。駅に向かおうよ』

力なく頷いた岳士は、右腕で口元を拭ってふらふらと歩き出した。

6

地下鉄とＪＲを乗り継ぎ川崎へと戻ってきた岳士は、ふわふわとした心持ちのまま駅を出る。午前六時過ぎ、朝日に照らされた人通りの少ない街を歩き、ウィークリーマンションの自室へと戻った。遮光カーテンの隙間からわずかに光が入ってきているだけの室内は薄暗かった。ベッドに近づいた岳士は、倒れ込むように横になる。目を閉じるとまた、ビルの屋上から少女が落下していく姿が瞼《まぶた》の裏に映し出される。

俺がサファイヤを渡したから……。後悔が心をじわじわと蝕《むしば》んでいく。

『また、あの子のことを考えているのかい？』

岳士は答えなかった。

『さっきも言っただろ。お前のせいじゃないって。あの場で何本もサファイヤを飲んでハイになったのも、助けようとしたお前を振り払って飛び降りたのも、あの子の選択だったんだ』

「……俺があんなにサファイヤを渡さなければ、あの子は飛び降りたりしなかったはずだ」

『それは結果論だろ。お前が責任を感じる必要はないよ』

「ないわけないだろ！」

勢いよく上半身を起こし、左手を睨み付ける。

「全部俺が悪いんだ。俺がサファイヤを渡さなければ……。俺があの子からの電話に出なければ……。俺が濡れた山道であんなにバイクを飛ばさなければ……」

『バイク？』海斗は声を潜める。『もしかして僕が死んだときのことを言ってる？』

岳士は唇を固く嚙む。海斗はため息を吐くような音を立てた。

『やっぱり僕とあの女の子を重ねていたんだね。あの子が落ちていくのを見て、四ヶ月前の事故を思い出した。だから、そんなにショックを受けていたってわけか』

岳士は無言のまま唇を嚙み続けた。

『何度も言っているじゃないか。あれは事故だったんだ。僕はお前を恨んでなんかいないよ』

「……『僕』っていうのは海斗のことか？」岳士は押し殺した声でつぶやく。

『は？　なに言っているんだい？』

「はじめてお前が俺に話しかけてきたとき、俺は海斗の魂が左手に宿ったんだと思った。けれど、お前はずっと言ってきただろ。そんなオカルト的なことが起こったわけじゃなく、自分は事故の後遺症で現れた俺の別人格だって。死んだ海斗とは別人だって」

『……たしかに僕はそう言ってきたね』

「だとしたら海斗が……、本物の海斗が俺を恨んでいるかなんてお前には分からないだろ！」

『……そうだね、その通りだ』その声は穏やかだった。『僕には「海斗」としての記憶もあるし、自我もある。ただそれは、あの事故で障害を負ったお前の脳が、「海斗」を助けられなかった後悔を誤魔化すために生み出したものなのかもね。けれど、僕が偽物、お前の脳が作り出した単なる別人格なんだとしても、僕は……「海斗」はお前を恨んでなんかいないよ』

「なんでお前がそんなこと断言できるんだよ！」

『「海斗」は……、僕は笑っていただろ。お前の手を放すとき』

岳士は拳を握りしめる。たしかにその通りだった。固く握られていたお互いの左手が離れ、重力に引かれた体がスローモーションで落下していくとき、海斗は微笑んでいた。少し哀しそうに、けれどどこか満足げに。

『僕が死んだのは、ちょっと運が悪かっただけだよ。けれど、お前まで道連れにしないですんだ。だから僕はあのとき、笑ったんだよ。僕が本物の「海斗」だろうが、そうじゃなかろうが、そのことだけは間違いないさ』

「違う、あれは全部俺のせいだ！　俺がお前を連れ出したから……。俺がバイクを飛ばし過ぎたから……。だから海斗は俺を恨んでいるはずなんだ！　お前は海斗じゃない！」

岳士は右手で髪を掻き乱すと、左手を睨みつける。

「全部お前が悪いんだ。自分が海斗だなんて俺を騙したりするから」

『別に騙す気なんて……』

「うるさい！　お前さえいなければ、俺は頭がおかしいなんて思われることもなかった！　家出をすることもなければ、河川敷で殺人事件に巻き込まれることもなかったんだ。いまこんなことになっているのは、全部お前のせいなんだよ！　さっさと俺の左手から消えろ！」

支離滅裂なことを言っていることは自覚していた。ただの八つ当たりだとは、自分でも理解していた。けれど、体の奥底に溜まっているこのヘドロのような感情を吐き出してしまわなければ、全身の細胞が腐っていってしまいそうだった。

『僕さえいなければ……か』

「なんだよ、俺の言っていることが間違ってるか？」

『……キッチンに行ってくれ』海斗は平坦な声でつぶやいた。

「キッチン？　なんのために」

『いいから行ってくれよ。……頼むからさ』

気圧《けお》された岳士は、「分かったよ」と口を尖らせつつ、腰を上げてキッチンへと移動する。

「ここで何をするつもりだよ？」

岳士が訊ねると、左肩から先の感覚が消えた。海斗が自分の領域を広げたらしい。岳士の意思とは関係なく動いた左腕は、シンクの脇にある抽斗《ひきだし》を開いた。調理用具がおさまっているその中から海斗が取り出したものを見て、岳士の体がこわばる。それは大ぶりの包丁だった。

「なにするつもりだ！」

反射的に岳士が顔の前に持ってきた右手に、海斗は押し付けるように包丁の柄を握らせた。

『……切れ』

左手がまな板の上に移動する。岳士は目を剝いた。

「なに……言っているんだよ？」

『僕自身、自分が「海斗」なのか、それともお前の別人格なのか分からない。けれど、これだけは確かだ。僕は左手にいる。左手さえ切り落とせば、僕は消え去るはずさ。……永遠にね』

「俺に左手を切り落とせっていうのか⁉」

『大丈夫、左肩まで僕の領域になっているから、痛みは感じないはずだよ。切り落としたあと、しっかり止血だけはするようにね』

「ふざけるな。そんなことできるわけ……」

『やるんだ！』

怒気のこもった声に、岳士は口をつぐんだ。

『お前の言うとおり、僕がいるからお前は窮地に陥《おちい》っている。僕がいるから、あの事故から立ち直れずにいる。本物の「海斗」であろうとなかろうと、僕は消えるべきなんだよ』

岳士は眼球だけ動かして、右手の包丁を見る。カーテンの隙間から差し込んでくるかすかな陽光が、その刃に反射していた。

『やれ！　さっさと切り落とすんだ！』

その声に操られるように、岳士はゆっくりと包丁を振り上げる。まるで右腕まで自分の意思とは関係なく動いているかのようだった。

この腕を振り下ろせば、自分は『正常』に戻る。

頭上で包丁を構えたまま固まっている岳士の脳裏を、走馬灯のようにかつての記憶がかすめていく。自分と同じ顔をした男の記憶が。

『海斗』が消え去ってしまう。完全に……。突然、裸で氷点下の世界に放り出されたかのような寒気が全身に走った。手からこぼれ落ちた包丁が、床で小さく跳ねる。

岳士は右拳を握りしめ、キッチンの奥の壁に叩きつける。重い音が響くと同時に、拳頭に重い痛みが走った。その鈍痛がいまにも崩れ落ちそうな精神を、わずかに安定させてくれる。

大股で部屋に戻った岳士は、デスクの上に置かれた資料を乱暴に払う。床に落ちた写真やファイルを踏みつけると、無造作に右拳を横に振り、椅子をなぎ倒す。

胸の中に吹き荒れる衝動に、岳士は身をゆだねていった。

本棚を倒し、床や壁を殴りつけ、デスクを蹴り飛ばす。手や足が硬いものに当たるたびに脳天を貫く痛みが心地好くもあった。

どれだけ暴れ続けただろう。数分か、それとも数十分か。荒い息をついた岳士は、台風のあとのように物が散乱した室内で立ち尽くす。

『落ち着いた？』

どこか冷めた口調で海斗が声をかけてくる。岳士は口を固く結んで答えなかった。

『僕を消さなくていいのかい？』

「……なに言っているんだよ」岳士は蚊の鳴くような声で言う。「左手を切り落としたりしたら、病院にいかないといけないだろ。事故だって言っても、警察に通報される」

『ああ、たしかにその通りだね。そこまで頭が回っていなかったよ』

「頭が回っていなかった？『海斗』はいつも冷静だっただろ」

『お前がどう思っているか分からないけどさ、僕だってまだ十八年しか生きていないんだよ。こんな異常な状況なら、混乱してもしかたがないだろ』

「……お前が本当に『海斗』ならな」

『……そうだね。それより、右手は大丈夫？ボクサーなんだから、拳は大事にしないと』

飄々《ひょうひょう》とした声を聞きながら、岳士は緩慢に部屋を見回す。怒りや絶望が消えたわけではなかった。ただ、それ以上に倦怠感と無力感が全身の細胞を冒していた。

うなだれた岳士が、崩れ落ちるように部屋の中心で膝をつくと、扉が開く音が部屋に響いた。岳士はのろのろと顔を上げる。玄関の扉が開き、太陽の光が差し込んでくる。薄暗い部屋に慣れた目に痛みをおぼえ、岳士は顔の前に手をかざした。

玄関に誰かが立っている。しかし、逆光でその顔は見えない。とうとう、警察がここをかぎつけたのだろうか？　身構えた岳士の鼓膜を、「岳士君？」という柔らかい声が揺らした。

「彩夏……さん……？」

目をこらすと、そのシルエットは腰辺りに柔らかい丸みを帯びていた。扉が閉められ、再び部屋が薄暗くなる。隣の部屋に住む女性、桑島彩夏の姿がはっきりと見えるようになった。

「あの、どうして……」

靴を脱いで上がり込んでくる彩夏に、岳士はおずおずと声をかける。

「どうしてじゃないわよ。朝っぱらからすごい音させてさ。眠っていたのに、驚いて起きちゃったじゃない。隣が私じゃなきゃ、いまごろ怒鳴りつけられているわよ」

彩夏はわざとらしくあくびをした。

「……すみません」岳士は首をすくめる。

「で、なにがあったの？」彩夏はゆっくりと部屋を見回した。

「え？」

「え、じゃないでしょ。こんなになるまで暴れるなんて、なにかあったんでしょ」

「……なんでもありません」

「なによ、安眠妨害したくせに誤魔化すつもり？」

岳士が「いえ……」と俯くと、唇を固く結んだ彩夏がゆっくりと近づいてきた。

温かい感触が頬に触れる。視線を上げると、彩夏が両手で頬を挟み、顔を覗き込んできていた。切れ長の瞳に呆けた自分の顔が映り込んでいる。

「そっか……、なにかつらいことがあったんだね。消えちゃいたいと思うぐらいつらいことが」

普段の明るい雰囲気とは違う、包み込むような大人の女性の笑みを彩夏は浮かべていた。

「なんで……」声が震える。

「分かるよ。昔の私と同じ顔しているもん」

彩夏は両手で岳士の頭をその豊満な胸元に引き寄せる。掌《てのひら》よりもはるかに柔らかく温かい感触に顔が包み込まれ、頭に血が上る。

「全部吐き出しちゃいなよ。そうすれば、少しは楽になるよ。聞いてあげるからさ」

彩夏の声が心を揺さぶった。ずっと抱えてきたものをすべてぶちまけてしまいたい。狂おしいほどの欲求が、固く食いしばっていた口をほどかせる。

「兄貴が……死んだんです。バイクの事故で……」

『やめろ！　下手なことを言ったら、通報されるかもしれないだろ！』

ほとんど無意識に言葉を紡いでいた舌の動きを、海斗の叱責が止めた。

「バイク……」

岳士は顔を上げる。彩夏が口を半開きにして、呆然とした表情を浮かべていた。

「あの、バイクがなにか……」

そこまで言ったところで突然、彩夏の両手が強く岳士を抱きしめる。息苦しいほどに、柔らかい膨らみが顔に押し付けられる。岳士はわけがわからないまま、ただされるがままになっていた。乳房の奥から聞こえてくる心音が、時間を刻んでいく。

「私ね……弟がいたの。五つ離れた弟」

やがて、ぼそりと、ひとりごつように彩夏がつぶやいた。岳士が軽く顔をあげると、彩夏は遠い目で天井を見つめていた。

「うちね、母子家庭だったからお母さんはいつも外に働きに出ていて、弟の面倒は私が見ていた。だから、私になついていてね。凄く可愛かったんだ」

彩夏は淡々と話し続ける。

「私が大学生のころ、お母さんは心臓発作で急に逝《い》っちゃった。私たちを育てるために頑張って働き過ぎたんだね。それで、私と弟だけが残された。弟だけが私の家族だった……」

「いま弟さんは……？」

彩夏が過去形で話していることに気づきつつ、岳士は訊ねる。

「お母さんが少額だけど生命保険に入ってくれていたから、生活に困るってことはなかった。そのおかげで私は大学を卒業して、大きな会社に就職できた。弟も頑張って勉強して、奨学金もらって国立の大学に入ったんだ。そうやって、二人で支え合って生きてきた」

彩夏は岳士の質問に答えることなく喋り続ける。細めたその目には、おそらく過去の思い出が映っているのだろう。岳士は口を挟むことなく、耳を傾ける。

「幸せだったな……。仕事は忙しかったし、お金の余裕もなかったけど凄く幸せだった。そんな幸せがずっと続くような気がしていたんだ。けど……、そんなわけなかったんだよね」

彩夏の声が震える。やや肉厚の唇を噛んだあと、彩夏はゆっくりと口を開いた。

「弟がね、死んじゃったんだ。……交通事故でね」

そのことを半ば予想しつつも、岳士は息を呑んだ。

「あの子ね、バイトして貯めたお金でバイクを買ったの。昔から乗りたかったんだって。いつか私を後ろに乗せて旅行に連れて行ってくれるって言っていたんだ。それなのに、山でツーリングしている途中でスリップして……」

山……、バイク事故……、四ヶ月前の事故が脳裏をよぎり背筋に震えが走った。

「連絡を受けたときは信じられなかった。病院で弟を見たときも、全然現実感がなかった。だって、顔にはちょっと擦り傷があったけど、ただ眠っているだけに見えたんだもん。だから起こそうと、手を伸ばしたんだ。そうしたら……冷たかったの。頬っぺたが冷たくて、固くて……、蠟《ろう》人形に触ったみたいだった。その瞬間ね……世界が壊れちゃったんだ」

「世界が……？」

岳士は聞き返す。瞼を上げた彩夏の顔に、触れれば壊れてしまいそうなほど儚《はかな》い笑みが浮かんだ。

「私にとって世界っていうのは、弟がとなりにいるものだった。その弟がいなくなったのに、自分がまだ生きていることに、……違和感があったんだ。ここは私がいるべき場所じゃない。こんな世界で生きていても仕方がないってね。私ね、あのとき、『空っぽ』になったの」

「空っぽ……」

つぶやきつつ、岳士は右手を自分の胸に当てる。胸郭の中身がごっそりと抜け落ちたような感覚。海斗が死んだと聞いたときに味わったあの感覚。

「そう、空っぽ。だからどうでもよくなった。頑張って就職した会社を辞めて、夜の街をふらふらするようになった。ほとんど飲まなかったお酒も飲むようになったし、もっとやばいものにも手を出した。ろくでもない男と付き合うようにもなっちゃった」

このマンションにやって来た翌日に追い払った男を、岳士は思い出す。

「そうやって自分を痛めつけていないと、自分がこの世に存在していることを実感できなかった。それに、痛みを感じている間は……弟のことを忘れられる」

「忘れたいんですか、弟さんのことを？」

その問いが残酷なものであることを自覚しつつ、岳士は質問をぶつける。彩夏の顔に、泣き笑いのような表情が浮かんだ。

「忘れたくないよ。あの子のこと、忘れたくなんかない。……けれど、あの子がもういないってことを思い出すと、心臓が押しつぶされているみたいに苦しくなるの。生きていることが耐えられなくなる。だから、……忘れたい」

矛盾した答え。しかし、岳士にはそれが痛いほどに理解できた。それは、あの事故の直後、自分自身が感じたものだから。彩夏は胸の奥底に溜まっていた澱《おり》を洗い流すかのように深く息を吐くと、目元に浮かんでいた涙を手の甲で拭う。

「なんで話しちゃったんだろ。あの子が死んでから、誰にも言ったことなかったのにな」

憑《つ》き物が落ちたような表情を浮かべた彩夏は俯くと、抱きしめている岳士の目を覗き込む。近距離で二人の視線が絡み、融け合った。

「ねえ……、話して。岳士君のことを」

ルージュで光沢のある唇の隙間からこぼれてくる声が、岳士の体に染み入ってくる。

岳士は彩夏からすっと体を離すと、口を開いた。

『おい、やめろってば。話したってなんにもならないよ』

海斗が忠告をしてくる。しかし、舌の動きは止まらなかった。

「俺には……」

『やめろって。いまの話だって、どこまで本当かなんて分からないだろ』

いや、いまの話は本当だ。同じような経験をしている俺には分かる。

「俺には兄弟がいたんです。双子の、同じ顔をした兄弟が」

岳士は早口で言う。海斗の『馬鹿が……』という諦めのつぶやきが聞こえてきた。

「兄弟？　その子を亡くしたの？」

彩夏の問いに、岳士はゆっくりと顔を横に振る。

「いいえ、俺が殺したんです。俺は兄貴を、ずっと一緒に育ってきた分身を殺したんですよ」

彩夏の切れ長の目が大きくなる。

「四ヶ月前、俺は海斗を……兄貴をバイクの後部座席に乗せて山道を走っていました。その山の頂上にある展望台まで行くつもりで。そこで兄貴と話をするつもりだったんです」

「どんな話を？」

「……女の話です」

「好きな子のお話？」

岳士は一瞬躊躇《ちゅうちょ》したあと、小さく頷いた。

「はい。幼馴染で、小学生の頃から俺たち兄弟とよく遊んでいました。中学、高校と同じ学校に通って、よく三人でつるんでいました。ずっとそんな関係が続くと思っていたんです……」

「けれど、そうじゃなかった」

「ええ、そんなわけなかったんですよね。いつの間にか、そいつと兄貴が付き合い出したんです。二人はちゃんと俺に話すつもりだったらしいけど、その前に俺は偶然、二人が手を繋いで歩いているのを見て……」

「ショックだったのね。自分だけ置いていかれたような気がして」

彩夏は手を伸ばし、岳士の頬に触れた。

「だから、俺は話をするために兄貴とバイクで展望台に向かいました。そこなら誰にも聞かれずに話すことができるから。それに、少し風にあたって冷静になりたかったんです。兄貴はなんの話か見当がついていたのか、黙ってついてきました。苛ついていたから、俺はかなりスピードを出して山道を登っていました。そのとき、車道を何かの影が横切ったんです。たぶん、野良猫か何かだったんでしょうね。反射的に避けようとしたんですけど、ハンドルが取られてそのままガードレールに……」

弟の事故が頭をよぎったのか、彩夏の表情がこわばる。

「気づいたときにはガードレールの外側、崖のそばに倒れていました。頭を強く打ったんで、すぐには状況がつかめませんでした。バイクはめちゃくちゃに壊れて、漏れたガソリンに火がついたのか、周りを炎に囲まれていた。そして、俺の左手は兄貴の手を握っていました。……崖から落ちかけている兄貴の手を」

「崖から……」

「事故直後の記憶は曖昧なんで、俺が兄貴の手を握ったのか、それとも崖から落ちかけた兄貴が俺の手を握ったのか覚えていません。ただ、気づいたときには、手を放したら兄貴が崖下に落ちる状況だったんです。肋骨を骨折していたんで、引っ張り上げられませんでした。兄貴も右手が変な方向に曲がっていて、自力で這い上がることもできませんでした」

岳士はライダーグローブを嵌めている左手に触れる。海斗が言葉を発することはなかった。

「力が入らなくて、俺の体は崖の方に引っ張られていきました。それに周りで燃えていた炎が近づいて来たんです。そして俺の左手には少し、……漏れたガソリンが付いていました」

あのときに感じた絶望的な気持ちが胸に湧き上がり、岳士は顔を覆う。

「そのままだと、兄貴ごと俺も崖下に転落しそうでした。火の粉でも飛んで来たら、手についているガソリンに引火するかもしれない。そうなれば、兄貴を支えているのは無理だった」

「だから、お兄さんの手を放したの？」

彩夏は静かに言う。その口調に糾弾の響きはなかった。

「違う！　俺は放すつもりなんかなかった。ただ、兄貴にどうすればいいか訊いたんです」

「お兄さんはなんて言ったの？」

「なにも言いませんでした」岳士は力なく首を振る。「なにも答えないかわりに、俺を見て微笑んだんです。そして兄貴は……、海斗は俺の手を振り払いました」

彩夏は小さく息を呑んだ。

「俺が叫ぶと同時に、左手のガソリンが引火して燃え上がりました。けれど、熱さは感じませんでした。俺は兄貴が落ちていった崖に向かって燃える手を伸ばし続けました。……おぼえているのはそこまでです。次に気づいたときは、病院のベッドの上でした」

語り終えた岳士は、強い疲労感にうなだれた。鉛《なまり》のように重い空気が部屋に満ちていく。

あの事故のとき何があったのか、両親にさえも伝えていなかった。四ヶ月の間、ずっと一人で抱えてきた真実をはじめて吐き出した。そうすれば苦しみが少しは和らぐのではないかと期待していた。しかし、あの事故のことをことこまかに回想したことで、全身に巻き付いている後悔の鎖は、緩むどころかさらに強く締め付けてきた。

「君のせいじゃないよ……」彩夏が優しく語りかけてくる。「事故だったんだよ。お兄さんは岳士君に生きて欲しいから、最後に手を振り払ったんだよ」

「分からないんです！」岳士は勢いよくかぶりを振る。

「分からない？　なにが？」

「あのとき、本当に兄貴が自分から手を放したのか、俺には確信が持てないんです。もしかしたら、俺が手を放したのかも。自分が助かるために、俺は生まれたときからずっと一緒にいた兄弟を殺したのかもしれないんです」

「そんな……、だってお兄さんが手を振り払ったのをおぼえているんでしょ？」

「覚えています。けれどそれは、罪悪感から逃げるために、そう思い込んでいるだけかもしれない。自分に都合がいいように記憶を書き換えたのかもしれない」

岳士は右手で頭皮に爪を立てる。鋭い痛みが走るが、力を緩《ゆる》めることはできなかった。こめかみを一筋、生温かい液体が伝っていく。

『違う。あのとき僕は自分から手を放したんだ。そうしないと、二人とも死ぬから』

海斗が焦れたように言う。岳士はゆっくりと左手に嵌めているライダーグローブを外す。その下から、皮膚がケロイド状に爛《ただ》れた左手が姿を現した。

「全部、俺が真実から目を逸《そ》らすために作りだした妄想かもしれないんだ」

そう、俺は自分が壊れてしまわないように、記憶を書き換えたのかも。そして、左手に海斗の魂が宿ったと思い込んで、海斗の死を背負わないようにしている卑怯者なのかもしれない。

海斗は反論しなかった。

火傷の痕《あと》が刻まれた左手に、白く細い手が重ねられる。はっと顔を上げると、彩夏が慈愛に満ちた笑みを浮かべていた。

「苦しかったんだね。ずっと現実に押しつぶされそうになっていたんだね。私みたいに」

岳士はなにか言おうとする。しかし、唇の隙間からは「あ……」という、言葉にならない声が漏れただけだった。

「いいんだよ、逃げて。現実から目を背けて、全部忘れて逃げ出しちゃっても」

「忘れようとしました。でも無理なんです。兄貴が落下していく光景がずっと、頭の隅にこびりついて消えてくれないんです！」

左手に宿る海斗と話すことで、双子の兄が命を落としたという現実から必死に目を逸らし続けていた。けれど、セーラー服を着た少女がビルの屋上から落ちていくのを目撃してから、ずっと逃げてきた現実に押しつぶされかけている。

岳士は縋《すが》りつくような視線を彩夏に向けた。

「彩夏さんはどうやって立ち直ったんですか？」

「私も立ち直ってなんかいないよ。ただ、苦しさを紛《まぎ》らわせる方法をいくつか知っているだけ」

「それでもいいです。その方法を教えてください！」

懇願する岳士の体を、彩夏は再び抱きしめた。

「大丈夫、落ち着いて」

彩夏の体温で、乱れに乱れていた精神がわずかに均衡《きんこう》を取り戻す。

「私たちはこの世界に取り残された者同士。だから、私ならあなたを助けられる」

「どうすればいいんですか⁉」

上ずった声を上げる岳士から体を離すと、彩夏は立ち上がり、乱雑な部屋を隅へと移動する。そこに落ちている物に気づき、岳士はうめき声を漏らした。それはウェストバッグだった。わずかに開いたジッパーから、エメラルドブルーの液体で満たされた小さなプラスチック容器が顔を覗かせている。彩夏はしゃがみこむと、細い指をバッグの中に差し込み、サファイヤの容器を二つ取りだした。

「なによ、捨てたとか言っていたのに、まだちゃんと持っているじゃない」

彩夏がサファイヤを差し出してくる。薄暗い部屋の中、淡く光るその液体に視線が吸い寄せられる。

「飲んで。そうすれば嫌なことは溶けて消えてくれるから」

「でも……、そんなの一時的なことじゃ……」

「一時的でも全部忘れられるんだよ。苦しいことからも、つらいことからもすべてから解放されて幸せな気分になる」

「すべてから解放……」

その言葉が心を激しく揺さぶる。この四ヶ月間、常に重く硬い鎖が体に纏《まと》わりついていた。この液体を飲み干しさえすれば、それが消え去る。岳士はゆっくりと右手を伸ばしていく。

『馬鹿、やめろ！』

海斗の声で、サファイヤの容器に触れかけていた手が止まる。

『そのクスリを飲んだ奴らがどうなったのか忘れたのかよ』

亡者のようにサファイヤを求める人々、サファイヤの奴隷たちの姿が頭をよぎった。

「どうしたの？」彩夏は小首をかしげる。

「いや、それを飲んだら……」

「このクスリがないと生きられなくなっちゃうのが怖いわけ？　大丈夫よ。そんなに頻《ひん》繁《ぱん》に飲まなければ依存症なんかにならないから」

彩夏が容器を振った。エメラルドブルーの液体が、わずかに差し込む陽光を乱反射する。

「いまは、お兄さんのことで押しつぶされちゃうことの方を心配するべきじゃない」

『そんなわけないだろ。そのクスリはやばすぎる。絶対に手を出すな』

彩夏と海斗、どちらの言葉に従うべきなのか迷い、岳士は手を伸ばしたまま固まる。

『いつも僕の言うとおりにしたら上手くいってただろ！　いいから言うとおりにし

ろ！』

有無を言わせぬ海斗の怒声に、体が震える。これほど強い海斗の口調は、これまで聞いたことがなかった。岳士はおずおずと右手を引いていく。

「そっか……、やっぱり初めてだと怖いよね」

嘆息した彩夏は、小さく肩をすくめた。海斗が『やっと諦めたか』と安堵の声をもらした瞬間、彩夏は容器の一つを無造作に開けると、中の液体を口に含んだ。

「なっ⁉」『え？』

絶句する岳士と海斗の前で、彩夏は見せつけるように喉を鳴らしてサファイヤを飲み干す。

「お姉さんがお手本見せてあげたの。これなら安心でしょ」

おどけるように言うと、彩夏は満足げにほぅと息を吐き、目を閉じた。数十秒後、彩夏の口から「ああっ……」という艶っぽい声が零れた。瞼がゆっくりと開いていく。官能的に蕩けた瞳が岳士をとらえた。

「……ねっ、すごくいい気持ち。だから岳士君も飲んで。……大丈夫だから」

彩夏はもう一つのサファイヤの容器を差し出してくる。しかし、岳士は動けなかった。

「まだ怖いの？　それなら、私が飲ませてあげるね」

やや舌ったらずに言うと、彩夏は再び容器の蓋《ふた》を開け、サファイヤを口に含む。意図が読めず固まっている岳士に悪戯《いたずら》っぽく微笑むと、彩夏は唐突に顔を近づけてきた。

薄皮を剝いた蜜柑のように瑞々《みずみず》しく弾力のある感触に唇を覆われ、岳士は目を見開く。数瞬の思考停止のあと、岳士はようやく彩夏と口づけを交わしていることに気づく。混乱のせいか、それとも興奮によるものか眩暈《めまい》が襲い掛かってきた。熱く濡れたものが唇の隙間をこじ開ける。それが彩夏の舌だということを理解し、さらに眩暈が強くなる。彩夏の舌とともに、甘くべとついた液体が唇の間に流れ込み、口腔内に溜まった。

「飲んで……」

キスをしたまま、くぐもった声で彩夏が言った。唇に伝わってくる振動が頭に血を上らせる。

飲むって何を……？

『サファイヤだ！　すぐに吐き出せ』

海斗の声がして、岳士は我に返る。

サファイヤ？　サファイヤを口移しされた⁉　反射的に首を引こうとする。しかし、後頭部に手を回されているのかできなかった。彩夏の舌が口腔内を撫で回す。官能の波に脳が痺れていく。

「舌、出して……」

彩夏が囁いた。おずおずと重ねた唇の隙間へと移動させた岳士の舌に、彩夏は自らの舌を絡める。頭の中で何かがはじけた気がした。岳士は彩夏の細い体を抱きすくめると、むさぼるようにその唇と舌を味わう。口にたまった液体がもどかしかった。

目を細めた彩夏は、余裕をもっていったん岳士の欲情を受け止めると、今度は反撃をするかのように身を乗り出し、再び舌で岳士の口腔内を愛撫しはじめる。

「飲んで……。全部忘れて、一緒に気持ちよくなろうよ……」

彩夏の誘うような声が口の中から鼓膜へと伝わった。

『やめろ！』

海斗の制止の声は、やけに小さく聞こえた。

彩夏と舌を絡め合ったまま、岳士はサファイヤを飲み下す。

人工的な甘みを残して、粘ついた液体が食道を滑り落ちていった。


粘着質な液体が胃へと落ちていく。鳩尾がほんのりと温かくなった。

「どう？」彩夏が目を覗き込んでくる。

「どうって、べつに……」

そのとき、全身の細胞が大きく震えた。岳士は戸惑いながら胸元に手を当てる。なにかがやって来る、なにか大きな波が内側から。その予感に岳士は身構える。

「大丈夫。それでいいの。全部ゆだねて。心も体も……」

彩夏が耳にふっと息を吹きかける、甘い痺れに緊張がゆるんだ瞬間、それは来た。突風で体が浮き上がった気がした。岳士は目を見開く。薄暗い部屋に宝石のような煌《きら》めきが溢れる。

　重力から解放されたように体が軽い。温かい液体の中に揺蕩《たゆた》っていて、自分がその中に溶けていくような感覚。ついさっきまで全身に満ちていた負の感情が洗い流されていく。

　幸せだった。ただただ、幸せだった。あの日、海斗の手を放した瞬間からずっと体に巻きつき、締め上げてきていた鎖から解放されていく。岳士は大きく体を反らす。暗い天井にも煌めきが満ちていて、まるでプラネタリウムを見ているようだった。

　ふと、岳士は左手の感触が戻っていることに気づく。岳士は左手を顔の前にもってくると、「海斗?」と小声で話しかける。しかし、返事はなかった。

　呆れて、引っ込んでしまったのだろうか? やや思考が鈍っている頭で考えていると、視界に彩夏の顔が飛び込んでくる。

「ご感想は?」

　悪戯っぽく微笑む彩夏の声はエコーがかかり、脳に染み込んでくる。

「最高です」

　それ以外の感想は出なかった。最初の叩きつけられるような衝撃はもう消え去っている。しかし、いいようもない幸福感と解放感は血流に乗って全身の細胞に広がっていた。

「嫌なこと、忘れられた?」

　岳士は自らの胸を探ってみる。海斗の手を放した後悔も、幼馴染の少女に蔑《さげす》まれた痛みも、そして殺人犯として追われている絶望も、もはや欠片《かけら》すら見つけることができなかった。

「全部忘れられました。こんなに気持ちがいいなんて……」

岳士の感想は、彩夏の熱烈な口づけによって遮られる。彩夏の舌が口腔内を舐めていく。さっきのキスでも、眩暈がするほどの興奮を覚えた。しかし、いま全身を走る官能の波はその比ではなかった。腰が砕け、全身の筋肉から力が抜けていく。強烈なパンチをあご先に食らったかのように、自由が奪われていく。

数秒間、岳士の唇をむさぼった彩夏は顔を離すと、淫靡《いんび》な流し目をくれる。その視線に射抜かれた岳士は、恐怖にも似た期待に身を震わせた。

「最高なのはこれから」

岳士の体に手を回した彩夏は、濡れた唇から舌を覗かせる。首筋に走る温かく濡れた感触に、岳士は悲鳴じみた声を漏らした。

「最初に会った日に言ったじゃない」

彩夏はくぐもった声で言う。首、頬、鎖骨と彼女の舌が這うたび、そこから波紋のように快感の波が広がっていく。

「サファイヤを飲んでヤったら最高に気持ちいいって」

「ヤるって……」口の中がカラカラに乾燥し、声がかすれた。

「岳士君って初めてなんだよね」

彩夏が耳元に囁きかける。黙り込んだ岳士を見て、彩夏は答えを促すように耳たぶを噛んだ。

「は、はい……」

わずかな恥辱と、胸が張り裂けんばかりの期待で顔が熱くなっていく。

「大丈夫。全部受け止めてあげる。全部忘れさせてあげる」

彩夏はタンクトップの裾に手をかけると、焦らすようにたくし上げていく。岳士は息をすることすら忘れ、次第に露《あら》わになっていく嫋《たお》やかな曲線に魅入られていた。

上着を脱いだ彩夏は、ポニーテールにしていた髪をほどく。ふわりと髪が広がった瞬間、柑橘系の爽やかな香りが鼻先をかすめた。

「どう？」

彩夏は手にしていたタンクトップを芝居じみた仕草で放り捨てる。しかし、薄い布に包まれた二つの豊満な膨《ふく》らみに意識を吸い寄せられている岳士に、答える余裕などなかった。陶器のように白く滑らかな肌は、それ自体が淡い光を宿しているように見えた。

荒い呼吸で前のめりになる岳士を見て、可笑《おか》しそうに含み笑いを漏らすと、彩夏は自らの背中に両手を回した。金属のこすれ合う小さな音が、やけに大きく聞こえる。

彩夏の胸元を覆っていたブラジャーが重力に引かれ、はらりとフローリングの床に落ちる。

気づいたときには、ベッドに押し倒した彩夏にのしかかり、その乳房に両手の指を食いこませていた。彩夏は小さく悲鳴を上げる。しかし、その声に恐怖の色はなく、我を忘れている岳士の反応を楽しんでいるようでさえあった。

乱暴な行動を自覚し、理性が止まれと告げる。しかし、両掌に伝わってくる、沈み込むような柔らかさに刺激された本能が、岳士の体を突き動かした。

岳士は鷲摑みにしている双丘にかぶりつく。溶けるようなきめ細かい乳房の感触を味わっていた舌先に、硬く尖ったものが触れた。彩夏の苦しげな吐息がさらに官能を掻き立てていく。

取り憑かれたように彩夏を堪能していた岳士の体が小さく痙攣《けいれん》する。組み敷かれた彩夏の手が股間に伸び、はち切れんばかりにジーンズを突き上げているものに添えられていた。白く小さい手が生地越しにそれを撫《な》でる。

欲望を処理するために自らの手で触れるのとは全く異質の快感に、岳士は乳房から口を離しうめき声を漏らす。

「そんなに乱暴にしないでよ。ちょっと痛かったじゃない」

彩夏は軽く睨んでくる。わずかに理性を取り戻した岳士は、「すみません」とうなだれた。

彩夏は再び含み笑いを漏らすと、岳士の下半身に伸ばしている手に軽く力を入れて、ジーンズ越しにそれを摑む。痛みと快感が同時に走り、岳士は逃げるように体を引いた。その隙に、上半身を起こした彩夏は空いた手で岳士の胸を押す。抵抗することもできず、岳士は逆にベッドに押し倒された。

「大丈夫よ、逃げたりしないから。というか、もう逃がしてあげない」

おどけるように言うと、彩夏は片手で岳士のTシャツを首元までまくり上げ、露わになった乳首を舐めた。熱く濡れた感覚に、岳士は歯を食いしばる。

「さっきのお返し」

舌を這わせたまま、くぐもった声でつぶやいた彩夏は、再びジーンズ越しに熱く硬直した部分をこすりはじめる。岳士はただされるがままに、未知の快感に翻弄《ほんろう》され続けることしかできなかった。厚い生地を通して伝わってくる感触がなんとももどかしく、岳士は尻をもぞもぞと動かす。妖しく口角を上げた彩夏は、岳士の胸からへそに向かってゆっくりと舌を移動させていくと、ベルトに手をかけた。

カチャカチャという金属音が部屋の空気を揺らす。首だけ起こした岳士は、ベルトを外した彩夏がジーンズのファスナーをつまんで下ろしていくのを、息をすることも忘れて眺めていた。

彩夏は添い寝をするように岳士の隣に横たわると、指で岳士の下腹部を歩くようにゆっくりと撫で下ろしていった。やがて、その手はボクサーブリーフの中へと侵入していき、燃え上がりそうなほどに熱く怒張した塊《かたまり》に触れた。生地越しに触れられたときとは比べ物にならない、温かい感触に包み込まれる。

「気持ちいい？」

彩夏は手を上下に動かす。答える余裕などなかった。目を閉じ、奥歯を軋ませながら、岳士は体を弓なりに反らすことしかできなかった。彩夏が手の動きを加速させていく。目の奥で火花が散った気がした。全身の筋肉が収縮し、心臓の拍動に合わせて、熱い塊が彩夏の手の中で何度も跳ねる。

気を抜けば失神してしまいそうな快楽に翻弄されながら、岳士は息を止める。やがて、官能の波が引いていき、脱力感が襲い掛かってきた。岳士はベッドに四肢を投げ出し、必死に酸素をむさぼる。息が整ってきて重い瞼を上げると、彩夏が顔を覗き込んでいた。

「すごかったね。そんなに気持ちよかったの？」

興奮がおさまるにつれ、羞恥心《しゅうち》が胸を満たしていく。彩夏の顔を見ることができなかった。

「そんなに落ち込まないでよ。可愛かったわよ」

彩夏は岳士の頬に唇を当てる。しかし、惨めな気持ちは消えるどころか大きくなっていく。

「大丈夫だよ。まだはじまったばかりなんだからさ」

彩夏はそう囁くと、ベッドの上を移動し、脱力している岳士の両足の間へと入り込んだ。

「サファイヤが効いているから、すぐに回復するよ」

「え？　何を……？」

彩夏は答えることなくボクサーブリーフに手をかけ、無造作にずり下げた。やや硬さを失ったペニスが露わになる。彩夏は両手でそれを包み込むと、見せつけるように顔を近づけ、頬張った。火傷《やけど》しそうなほど熱く、蕩けそうなほど柔らかい感触に包み込まれ、消えかけていた欲望の炎が再び燃え上がった。彩夏の口腔内でねぶられている部分に血液が集まり、再び硬く膨れ上がっていく。

上目遣いに視線を送ってきながら、彩夏は顔を前後に動かす。下半身が溶けそうな悦楽を、岳士は唇を嚙みながら味わった。

「さっきより凄いかも。サファイヤが効いているとはいえ、やっぱり若いね」

岳士の下半身から顔を上げた彩夏は、濡れた唇を指先で拭うと、ベッドのわきに立った。横になったまま、岳士は彩夏を見上げる。

「そんな残念そうな顔しないでよ。ほら、岳士君も立って」

彩夏に手を引かれるままに岳士は立ち上がった。薄暗い部屋で半裸の二人が向かい合う。

彩夏はホットパンツのボタンを外すと、それを下ろしていく。ショーツ一枚だけを残した姿になった彩夏を、岳士はまばたきすらせずに見つめた。

「岳士君も脱いで」

促されて我に返った岳士は、言われるがままにせわしなくTシャツとジーンズ、そしてソックスを脱ぎ捨てた。

彩夏はショーツに指をかけると、小悪魔的な笑みを浮かべて下ろしはじめた。立ったまま片足の膝を曲げてレース状の小さな布を足から引き抜いた彩夏は、岳士に近づき、ボクサーブリーフに手をかける。

「全部」

ボクサーブリーフを下ろすと、彩夏は岳士の首に手を回した。瑞々しい肌が吸いついてくる。かつてないほどに怒張している陰茎は、彩夏のへそあたりに触れそうだった。

「今度は一緒に気持ちよくなろ」

どうすればいいのか分からず、立ち尽くしている岳士にぶら下がるように体重をかける。不意を突かれた岳士はバランスを崩し、彩夏とともにベッドへと倒れこむ。

体の下で一糸まとわぬ姿で横たわる彩夏。その顔に浮かぶ妖艶な笑みに見惚《みと》れているうちに現実感が消え去り、これが実際に起きていることなのか、それとも妄想が作り出している幻なのか分からなくなっていた。

組み敷かれた彩夏がもぞもぞと体を動かす。ペニスの先にぬるく濡れた感触が走った。それが何を意味するかに気づき、呼吸が早くなっていく。横たわったまま彩夏が足を上げ、岳士の腰の後ろで足首を交差させた。

幸せそうに細められた瞳に吸い込まれていくような錯覚に襲われる。

「……来て」

わずかに開いた唇の隙間から漏れ出した甘い囁きを聞くと同時に、岳士は全体重をかけて腰を押し出した。

部屋に響いた甲高い嬌声が、岳士をさらに昂《たかぶ》らせた。ただがむしゃらに、本能が命じるままに腰を打ちつけ続ける。彩夏はその動きを抱擁するように受け止めてくれた。

つながった部分から境界が融け合い、一つになっていく。もはやどこからが自分で、どこからが相手なのかも分からなくなる。

ベッドの軋みが空気を揺らす薄暗い部屋で、二人はお互いをむさぼり続けた。

目を開けると、薄暗い部屋の中、天井が見えた。遮光カーテンの隙間から薄く差し込んでくる光は赤みを帯びている。どうやら、夕方になっているようだ。

俺はなにを……? 重い頭を振りながら、岳士は体を起こす。体にかかっていた毛布の下から裸の上半身が現れる。

岳士は目を見張ると、右手で毛布を持ち上げる。下半身にも下着すらつけていなかった。口を半開きにして固まっている岳士の頭に、苦しそうに眉をしかめつつも、口元に愉しげな笑みを湛えている彩夏の顔がよぎる。同時に、その美しくしなやかな身体の記憶も。

岳士は慌てて横を確認する。しかし、ベッドに彩夏はいなかった。部屋を見回すが、やはり彩夏の姿はない。

「まてよ。ちょっと待ってくれ……」岳士は頭を押さえ、目を閉じる。

口移しでサファイヤを飲まされた。そこまでは間違いない。けれど、そこから先は……。

彩夏に誘われるままに体を重ね、欲望が赴《おもむ》くままに何時間もお互いを求めあった。その記憶は霞《かすみ》の奥で淡く輝いているかのようで、それが実際に起きたことなのか、それともサファイヤが見せた幻なのか定かではなかった。

『やあ、お目覚めかい』

突如聞こえてきた声に、岳士は身を震わせ、左手を見る。

「脅かすなよ」

『べつに脅かしてなんかいないだろ。普通に話しかけただけだよ』

「なんだよ……、苛ついているな」

『当たり前だろ。サファイヤなんか飲んで』

「あのさ、海斗……。サファイヤ飲んだあとさ、お前、消えていただろ？　あれって、怒って引っ込んでいたのか？」

おずおずと訊ねると、海斗はかぶりを振るかのように手首を振った。

『よく分からないよ。たしかに呆れ果てて引っ込もうとしたよ。けれど、その前に頭がぼーっとしていったんだよね。まあ、僕には頭はないけどさ』

海斗は左手を開閉する。

『そして、気がついたときには、お前は裸で眠っていた。たぶん、サファイヤの効果が切れたおかげで、意識が戻ってきたんじゃないかな』

「じゃあ、サファイヤを飲んだあと、なにがあったかは分からないんだな」

岳士は気づかれないように安堵の息を吐く。彩夏との行為が実際にあったことなのか未だにはっきりしない。しかし、現実だとしたら、欲望のまま獣のように交わった行為を海斗に知られたくはなかった。

『お前もサファイヤ飲んだ後の記憶がないわけ？』

「そういうわけじゃ……。ただ、なんか夢を見ていたみたいに記憶がはっきりしなくてさ」

『もしかして、夢の中で、あのお姉さんと人には言えないようなことをしたのかい？』

「なんでそれを⁉」

『僕が気づいたとき、あのお姉さんが隣に寝ていたんだよ。全裸でね』

絶句する岳士を前に、海斗はわざとらしく『はぁ』と嘆息のような声を出す。居心地の悪い沈黙が辺りに降りた。

「……なんだよ、なにか言いたいことがあるなら言えよ」

『言いたいこと？　呆れてなんて言っていいか分からないよ。卒業おめでとうとかかな？』

「やめろよ」

『まったく、何度も言っただろ。あのお姉さんには近づくなって。なのにさ……』

「彩夏さんはどこにいるんだよ？」気まずさを誤魔化そうと、岳士は早口で言う。

『さあね。三十分ぐらい前に起きて、服を着て部屋から出て行ったよ。ちなみに、玄関に行く前に、お前の額にキスしていったぞ。僕が眠っている間にやけに仲良くなったみたいだね』

海斗の皮肉を聞き流しつつベッドから出た岳士は、床に散乱している服を身につけると、外廊下に出て彩夏の部屋の前へ向かう。

『顔合わせてどうするんだよ。「さっきはありがとうございました」とでも言うつもりか？』

「うるさいな。黙ってろ」

どうするつもりなのか岳士自身にも分からなかった。ただ、彼女と話をしたかった。インターホンを押すと、軽い電子音が響き渡る。しかし、扉は開かなかった。繰り返しインターホンを押すが、やはり反応はない。

『留守みたいだね。買い物にでも行っているのかな』

海斗がつぶやいたとき、遠くから「岳士くーん」と声が聞こえてきた。外廊下のフェンスから身を乗り出して下を見ると、一階の非常階段の出口付近で彩夏が大きく手を振っていた。

「起きたんだ。ちょうど良かった。ちょっとこっち来てくれない」

「え？　あ、はい」

返事をして非常階段を下りはじめた岳士は、「なあ、海斗」と左手を見る。

「お前さ、サファイヤを飲んだあと意識がなくなったって言ったよな。それって、サファイヤの影響で強制的に眠らされたってことなのか？」

『たぶんそうなんだろうね。どういう仕組みでそうなっているか分からないけれど、サファイヤの効果が切れるまで僕は眠って、左手の「権利」を失うみたい。まあ、ああいうやばいクスリは脳におかしな影響を及ぼすからさ、なにが起きてもおかしくないよね』

「そうか……」

『なんだよ。もしかして、サファイヤをずっと飲んでいたら、僕を消せるかもしれないとか思っているのかい？　それはやめとけよ。そんなに飲んだら、すぐに「サファイヤの奴隷」になっちゃうよ。もし僕を消したいなら、いつも言っているように左手を切り落とすことだね』

「お前を消したいなんて言っていないだろ！」

声を荒げると、海斗は『はいはい』と指を動かした。

「体調は大丈夫？」

非常階段の出口で、体にぴったりとフィットしているTシャツにキュロットスカート姿の彩夏が出迎えてくれた。数時間前の行為が頭をよぎり、岳士は目を伏せる。

「ちょっと頭が重いですけど、それ以外は問題ないです」

「ああ、はじめてサファイヤやったときは少し頭痛がするんだよね。でも、何回か使ったらそれも無くなるから大丈夫だよ」

『あんなクスリ、二度と使うわけないだろ』海斗が苛立たしげに言った。

「一人で部屋出ちゃってごめんね。体がベトベトだったからシャワー浴びたくてさ。岳士君、気持ちよさそうに寝てたから、起こしたら悪いと思って」

「いえ、そんな……」

「あんなに激しいの久しぶりだったな。やっぱり若いっていいわね。明日は筋肉痛になりそう」

ほんとうに俺はこの人と……。

あけすけなセリフが、彩夏と関係を持ったことを実感させ、頬が上気していく。

彩夏は腰を少し曲げ、下から顔を覗き込むようにして岳士と強引に視線を合わせた。

「筋肉痛治ったら、またしようね」

「いや、あの……」

「あれ、嫌なの？　もしかして気持ちよくなかった？」

「いえ、そんなことないです。なんというかすごく……良かったです」

しどろもどろの岳士に、彩夏は「私も良かったよ」とウインクをする。

「それで、彩夏さんはここでなにしているんですか？」

気恥ずかしさを誤魔化すために、岳士は強引に話題を変えた。

「駐輪場に行こうとしたら、岳士君が外廊下に出てるのを見つけたから声をかけたんだ」

「駐輪場?」岳士は振り返る。このマンションには、裏手に居住者用の駐輪場があった。

「そう。ちょっと来て」

彩夏は岳士の手を引いていく。トタン屋根のある簡素な駐輪場には、十数台の自転車やスクーターなどが置かれていた。彩夏に連れられるままに、岳士は駐輪場の一番奥まで移動する。

「これ見て」

彩夏が指さしたものを見て頬が引きつった。それはバイクだった。かつて乗っていたものを彷彿とさせる、無骨な大型バイク。その側面には、明らかにアスファルトに激しく擦れて出来たと思われる大きな傷が走っていた。

「これね、弟の形見なんだ」彩夏は塗装が剝《は》げているバイクのボディを撫でる。「弟はね、これに乗っていて事故に遭ったの。このバイクで転倒して地面に叩きつけられた」うって変わって、抑揚のない声で彩夏は話し続ける。

「こんなものに乗らなければ弟は死ななかったと思うと、このバイクが憎かった。ヒステリー起こしてね、何度かバットとかで殴ったりしたんだ」

たしかによく見れば、転倒によって出来たとは思えないへこみがボディにあった。

「……そんなに憎かったなら、スクラップにでもすれば良かったんじゃないですか？」

「何度もそうしようとしたけど、できなかったの。あの子、このバイクを凄く大事にしていたから。これを捨てたら、あの子との思い出まで捨てるような気がして。だから、憎いのにいつも身近に置いてきた。これを見るたびにつらくなるのに」

彩夏はバイクに触れたまま口を固く結ぶ。

「なんでいま、ここに来たんですか？」

彩夏は無言で儚い微笑をたたえると、岳士に向かって何かを放ってきた。反射的にそれを受け取った岳士は、右手の中に収まっているものを見て目をしばたたかせる。

「キー？」

「そう、このバイクのキー。岳士君にあげる」

「俺に？　なんで？」

「だって、私が持っていてもしかたがないから。岳士君、運転できるんでしょ」

「でも、俺は……」

目の前を横切る影、大きく回転する視界、そして炎に包まれたバイク。

四ヶ月前の事故がフラッシュバックし、嘔気をおぼえた岳士は右手で口元を押さえる。

あの事故以来、バイクに乗ることができなくなっていた。自転車なら大丈夫なのだが、バイクには乗ろうと思っただけで、事故のトラウマが疼いてしまうのだ。

「俺はもう……、バイクには乗りません……」指の隙間から岳士は声を絞り出す。

「なんで？　バイクで事故に遭ったから？　けれど、岳士君は生き残ったじゃない。あの子とは違って。だから大丈夫だよ。きっとまた乗れるはず」

「でも……」

「最初に会ったときから思っていたんだ。岳士君、なんとなくあの子に雰囲気が似ているって。このバイクに乗ったら、もっとそっくりになるはず。あの子が生き返ったみたいに。岳士君と同じように、あの子も事故で死ななかったみたいにさ」

彩夏の口調が熱を帯びてくる。岳士を見つめる目が虚ろになっていく。

『おい、このお姉さん大丈夫かよ？　わけの分からないこと言っているぞ』

海斗の声を聞きながら立ち尽くす岳士に彩夏は近づき、その体に腕を回していく。

「もう離さないから。これからはずっと一緒にいるからね」

数時間前、官能を掻き立て体を熱くしたその声に、いまは体温を奪われていく気がした。

7

「へえ、なかなか順調じゃねえか。よくこの短期間で、そこまで内部に入り込めたな。小芝居をしてあのカズマって男を逮捕した甲斐があったってもんだ」

向かいの席に座った番田がコーヒーをすする。翌日の昼下がり、岳士は品川のカフェで刑事と会っていた。昨夜、連絡があり、潜入捜査の状況を報告しに来るように言われたのだ。

カズマの代わりにスネークに潜り込むことに成功し、サファイヤの受け渡しに立ち会ったことを岳士は報告していた。

「けど、こんなところで会っていいんですか?」

岳士は声を潜めながら店内を見回す。五十ほどの席はほとんど埋まっていた。客の大部分は、商談をしているサラリーマンたちだ。

「なんだよ、刑事と会っているのをスネークの連中に見つかるのが怖いのか」

「当然でしょ。この前の潰れたバーで会えば良かったじゃないですか」

「バー? ああ、あそこはもうダメだ。俺たち以外にもガキが肝試しとかに使って騒いだらしくてな、持ち主が地下の入り口に鍵をかけやがった。建物の取り壊しまで入れねえよ」

「あそこじゃなくても、似たような場所なら他にいくらでも知っているんでしょ」

「あのときは、場合によっては少々手荒にお前を『説得』する必要があったからな。けど今日はたんに報告を聞くだけだ。ここで十分だ。こんなビジネス街にスネークの奴らがやって来るわけないだろ。奴らにとってここは南極より縁遠い場所さ。いいから、報告を続けな」

「分かりましたよ」

岳士はコーラで口を湿らせると、多摩川の河川敷で行われた取引について詳しく説明した。

「多摩川のグラウンドかよ。そんな誰に見られるか分からない場所で取引とは、やっぱり素人《しろうと》のやることは滅茶苦茶だな。まあ、だからこそ逆に盲点になっているのか」

「素人？　ヒロキって男はスネークの幹部でしょ？」

「スネーク自体が素人の集まりなんだよ。これまでヤクは、覚醒剤を中心に暴力団が取り扱ってきた。奴らには長年の経験があるから、誰にも見つからないように巧妙に取引を行う。けれど、俺たち警察や麻取の奴らも、同じように長年培ったノウハウがある。ある程度、奴らの手口は想像がつく。そうやって暴力団と俺たちはしのぎを削ってきた。そんななか、最近になってぽっと出てきたのがスネークみたいな半グレ集団だ」

「素人なら簡単に摘発できるんじゃないですか？」

「素人だからこそ、玄人《くろうと》には想像もつかないことをやるんだよ。わけの分からないルートからヤクを流したり、他の組が仕切っているシマで堂々と商売やったりな。しかも、従来の組織みたいに指揮系統もしっかり構築されていない。暴力団なら誰が頭かはっきりしているから、俺たちはそいつがヤクの売買に関与している証拠を固めればいい。けれど、スネークの場合、誰がリーダーなのかすら分からねえ。メンバーでさえ大部分が、誰が自分のチームを仕切っているのか知らねえっていう状態だ。そして、トップを知っている一部の幹部は、たとえ逮捕されようが口を割らない。面倒なことこのうえねえよ」

忌々しげに舌を鳴らした番田は、すっと目を細める。

「まあ、そんな状態だからこそ、お前を使っているんだけどな。お前はできるだけ早く、そのヒロキって男から、リーダーの正体を探れ」

「そもそもヒロキがリーダーの正体を知っているかどうかも分かりませんよ」

「いや知っているな」番田は分厚い唇の端を上げる。「それだけ大量のサファイヤを捌いてるってことは、そいつは大幹部に違いない。サファイヤは、スネークの最大の資金源だからな」

『どうやら、僕たちは思ったよりスネークの心臓に近づいているみたいだね』

海斗がコーラの入ったグラスのふちをなぞった。

「それじゃあ、俺はなんとかヒロキからリーダーが誰なのか聞き出せばいいんですね」

「馬鹿野郎。なに言ってんだ！」番田は声を荒らげる。「自分から切り出したりしたら疑われるだろうが。リーダーの正体は奴らにとって最重要機密なんだぞ。目立たないようにしながら出来るだけ早く、リーダーかサファイヤの供給源についてうまく探れよ」

『めちゃくちゃ言うな、このおじさん』

海斗のぼやきを聞きながら、岳士は首をひねる。

「供給源って、サファイヤを作っている奴ですよね。スネークのメンバーじゃないんですか？」

「いや、違うな」

「なんでそう言い切れるんです?」

「早川、俺が使っていた情報屋からの報告だ。多摩川の河川敷で殺された男だよ」

「……その情報屋はなんて?」動揺が表情に出ないよう、岳士は顔に力を込める。

「なんでそんなことまでお前に言わなきゃいけねえんだよ。お前は逮捕されない代わりに、俺に分かったことを伝えてくれればいいんだよ」

「その早川って人も、リーダーと供給源を追っていて殺されたんでしょ。俺も同じことをしているんですよ。身を守るために少しでも情報が欲しいって思うのは当然じゃないですか」

海斗が『おっ、いい説得だね』とつぶやく。番田は厳しい表情で数秒考え込んだ。

「……まあ、たしかにお前にまで死なれたら、寝覚めが悪いな」

番田は声のトーンをわずかに落として話しはじめる。

「サファイヤを買っている客の中には、けっこう良い大学の学生もいるってことは知っているな? その中で化学を専攻している大学院生に早川が接触したんだ。話を聞くと、そいつはスネークのメンバーに、サファイヤの分析を持ちかけられていた」

「分析?」

「サファイヤみたいな危険ドラッグは化学的に合成される。つまり、その成分の化学式さえ分かれば、作ることが可能なんだよ。スネークの奴らはそれを知りたがっていた」

「それってつまり……」

「ああ、そうだ。スネークはサファイヤの作り方を知らなかった。つまり、どこかにサファイヤを作っている奴がいて、スネークはそれを買っているだけってことだ」

「わざわざ供給源から買うより、自分たちで作った方が利益が出るってわけですね。その大学院生は指示通りに？」

「サファイヤのことが大学にばれたら、間違いなく退学だろうからな。スネークの言いなりさ」

きっと、早川もおなじネタで脅して情報を聞き出したのだろう。岳士は軽く身を乗り出す。

「分析はできたんですか？」

「ああ、化学の専門家にとっちゃそんなに難しいことじゃないらしい」

「じゃあ、もうスネークは自分たちでサファイヤを作れるってことじゃないですか」

「いや、そうは問屋が卸さなかった」番田は肩をすくめる。「サファイヤからは四種類の化学物質が検出されたんだ。ベースとなっていたのは、数年前に関西あたりで流行した危険ドラッグだ。強力にトリップできるってことで一時期広がったが、効果が切れたあとにひどい二日酔いみたいな症状が出るし、バッドトリップが起こることも多かったんで、すぐに姿を消した」

「それに三種類の化学物質を混ぜることでサファイヤになるんですね。他の化学物質の成分が分かっているなら、作ることができるんじゃないんですか？」

「ああ、サファイヤの原料となっている四種類の化学物質、それを合成すること自体はそれほど難しくないらしい。ただ、問題はその配合だ。四種類の物質、それらをどんな割合で混ぜ合わせれば使った奴らを虜《とりこ》にするような効果がだせるのか、それが分からない。適当に混ぜ合わせても、副作用ばっかり強くなったクズドラッグができるだけだってよ」

「成分が分かっているのに、作れないんですか」

岳士が首を捻ると、番田はテーブルに置かれたコーラのグラスを指さす。

「世界一有名な清涼飲料水の会社が作っているそのコーラの作り方が、公表されていないことは知っているか？　コーラ缶には原材料が全て記されている。それをもとに、たくさんの会社が同じものを作ろうとしてきたが出来なかった。その炭酸飲料を作るには、ごく限られた人間しか知らない極秘のレシピが必要なんだよ。サファイヤも同じだ。供給源だけが知っている四種類の化学物質の配合。秘密のレシピを知らない限り、あの蒼《あお》い魔法の薬は作れない」

「サファイヤのレシピ……」細かい炭酸の泡がはじける黒い液体を、岳士は見つめる。

「そうだ。スネークだけじゃない。非合法な薬物の売買にかかわる奴らが、血眼でそのサファイヤのレシピを手に入れようとしている。その内容さえ分かれば、サファイヤっていう金のなる木を手に入れられるんだからな」

「スネークのリーダーは、サファイヤを作っている奴を知っているんですよね。それなら、強引に聞き出そうとするんじゃないですか？」

「拷問でもして、レシピを手に入れようとするってことか？　いや、それはないな。たしかに自分たちでサファイヤを作れるようになれば、いまより遥かに儲かるだろう。けれど、もしレシピを聞き出せないまま逃げられたり死なれたりしたら、スネークは最大の収入源を失うことになる。そうなりゃ、チーム崩壊の危機だ。奴らは昔ながらの仁義なんかじゃなく、金で繋がったグループだからな。そんなリスクは冒さないさ」

　そこで言葉を切った番田は、あごを引いて声を潜める。

「まあ、あくまでサファイヤの売買を独占できている間は、だがな。少し状況が変わっただけで、どんな物騒なことが起こるか分かったもんじゃねえ。サファイヤはシャブにとって代わるポテンシャルを秘めている。その利権を求めて、血で血を洗うような事態になるかもしれねえ。下手すりゃ、日本だけでなく海外のやばい組織がかかわってくる可能性すらある」

　現在の状況は、平均台の上で片足立ちをしているような微妙なバランスの上で安定しているということを実感し、岳士は身震いする。均衡が崩れ、混沌《こんとん》の渦が生じたとき、自分は間違いなくそれに巻き込まれ、二度と浮き上がることはできないだろう。それを防ぐためにも、一刻も早く早川を殺した真犯人を見つけ出し、冤罪を晴らさなくては。

　ストローに口をつけ、コーラを吸う。口の中ではじける炭酸の刺激を味わいながら、どうすれば番田から少しでも情報を得ることができるか岳士は考える。

「そんな物騒な世界を、俺に探れっていうんですか？」

「おいおい、お門違いの非難はやめな。お前はもともとサファイヤの売人だろ」

「小遣い稼ぎに、サファイヤを売る手伝いをしていただけなんですよ」

「裏の仕事にかかわるっていうことは、それだけのリスクを負うってことなんだよ。恨むんなら、軽い気持ちでクスリの密売にかかわった自分の軽い頭を恨むんだな。まあ、心配するなよ。いまのところ状況は安定している。それほど危険はねえさ」

「危険はないって、俺の前の情報屋は殺されたんでしょ。適当なこと言わないでくださいよ」

『おっ、上手く話を持っていったね』

海斗のちゃちゃに苛つきつつ、岳士は番田を睨みつける。

「あいつは欲をかいて、調べた情報を俺に渡さずに恐喝に使いやがった。だから殺されたんだよ。馬鹿な奴だ。あんな危険な奴らを脅そうとするなんて」

「その情報屋が手に入れた情報ってなんなんですか？　スネークのリーダーの正体？　それともサファイヤの供給源？」

「そのどちらかだろうな。ただ、詳しいことは俺にも分からねえよ。身元が分かってすぐに捜査本部の連中が早川の家に向かったけどな、すでに滅茶苦茶に荒らされたあとだった。早川がどんな情報を持っていたにしろ、とっくに犯人たちが処分しているだろうさ」

『いや、そんなことはないね』海斗が押し殺した声で言う。

そう、そんなことはない。岳士は早川の部屋に侵入したときのことを思い出す。徹底的に荒らされたあの部屋にあった隠し金庫には、必死に開けようとした形跡が残されていた。

早川を殺した犯人は、自らの正体につながる証拠を手にいれていない。そして、きっとそいつは、その証拠が俺の手にあると思っている。

けれど、あの金庫に入っていた資料には、スネークのリーダーやサファイヤの供給源に直接つながるような情報はなかった。

いったい早川はどんな情報を手に入れ、それをどこに隠したんだ。

「おい、なに黙り込んでいるんだよ」

ドスの利いた声をかけられ、岳士は我に返る。

「ああ、すみません。ちょっと考えごとをしていて。……やっぱり、早川って人を殺したのはスネークの構成員なんですかね」

「間違いないだろうな。早川が手に入れた情報がリーダーの正体だろうがサファイヤの供給源だろうが、公表されればスネークにとっては致命的だ。あの頭の悪いガキどもの集団なら、手っ取り早くぶっ殺そうと思うのも当然だな」

「サファイヤを供給している奴らっていうことは？」

「その可能性は低い。ドラッグの生成ができるだけの知識を持った奴らだ。ある程度のインテリ集団なのは間違いねえ。そんな奴らはリスクを考えて、そう簡単に人を殺したりはしないだろう。そもそも犯人は未成年のガキらしい。きっとスネークの一員さ」

「でも、スネークのメンバーたちに、捜査されているような焦りは見られないんですけど」

「そりゃ、捜査本部はまだ犯人とスネークの関係に気づいていないからな。犯人の身元が分かっているから、そいつの足取りを洗うのに人員を割いているせいで、早川がなんの調査をしていたか調べるのが後回しになっているんだよ。しかもあいつら、手柄を他の奴らに盗られないように、ホシの顔写真を捜査本部の外に漏らしていねえ。だから逮捕に時間がかかっているのさ。その隙に俺がスネークを潰して、芋づる式に早川を殺したガキも見つけ出してやるよ」

番田は得意げに言った。この刑事と捜査本部が功名心で互いに情報を抱え込んでいるおかげで、真犯人を追う猶予ができている。この状況に感謝しつつ、岳士は質問を続ける。

「捜査本部が殺人犯を見つけるには、まだ時間がかかるってことですか？」

「いや、そんなことはないな」途端に番田の表情が厳しくなった。

「本庁捜査一課殺人班の奴らは、人殺しを追い詰めるプロだ。そいつらが、所轄署のマンパワーを駆使して足取りを追っているんだ。犯人がどこに隠れていようが、じわじわと近づいているはずだ。いつ逮捕されてもおかしくない。いま、この瞬間でもな」

すぐ背後に刑事たちが迫っているような不安にかられ、岳士は振り返りそうになる。

「もし犯人が捕まって、そいつがスネークの一員だってことが明らかになれば、本庁は全力でスネークを潰しにかかるだろう。奴らが本気をだしゃ、半グレ集団ぐらいひとたまりもねえ。けどな、スネークが消えても、サファイヤは消えねえ。下手すりゃあのクスリを作っている奴らは、身を隠す資金を得るために、サファイヤのレシピを高値でどこかの組織に売るかもしれない。そうなったら、もう回収は不可能だ」

番田はあごを引く。

「その前に、どうにかサファイヤを作っている奴らを逮捕して、レシピを押さえる必要があるんだよ。そうしないと、サファイヤの流通は止まらねえ」

「……本当にそれが目的ですか？」

目の前の刑事への不信感が舌を動かす。番田は「どういう意味だよ？」と目つきを鋭くした。

「そのレシピは高額で売れるんですよね。サファイヤを作っている奴らを見つけたら、あなたは取引をしようとするんじゃないですか？　見逃してやる代わりに、レシピを寄越せって」

その質問が逆鱗《げきりん》に触れるかもしれないことは分かっていた。それでも質問せずにはいられなかった。予想に反し、番田が激昂《げっこう》することはなかった。カップの底に残っていたコーヒーを口の中に放り込んだ番田は、大きく息をつく。

「……昨日の未明な、六本木で女子高生がビルから飛び降りたんだよ」

心臓が胸骨を裏側から強く叩く。

『なにも喋るな。黙っていろ』

海斗が指示をしてくる。しかし、言われなくても舌がこわばって動かなかった。

「目撃者によると、飛び降りる前に大声で笑ったり、奇声を上げていたらしい。現場に到着した警官が調べたら、ビルの屋上に容器が残っていたんだ。……サファイヤの容器だ」

『……全部拾ったつもりだったけど、一つ残っていたのか』

「調べによると、数ヶ月前に両親が離婚し、そのことで塞《ふさ》ぎこんでいる頃にサファイヤに手を出しはじめたらしい。もともとは成績優秀だったが、次第に学校にも行かなくなり、家出を繰り返すようになっていった。そして最後は雑居ビルの上からダイブだよ。ひどい状態だったみたいだぜ。折れた腕の骨が皮膚を突き破って、脳みそも半分アスファルトの上だってよ。ったく、まだ十七歳だっていうのに。身元確認に来た母親は、遺体を見て失神したってよ」

喉の奥からうめき声をもらす岳士に、番田は冷たい視線を注ぐ。

「なに青い顔しているんだ。てめえだってサファイヤの密売にかかわっていただろ。てめえみたいな奴らが売ったクスリで、ガキどもが死んでいくのを俺は何度も見てきているんだよ」

番田は手にしていたカップを乱暴にソーサーに戻す。

「危険ドラッグは主に、海外の化学工場で大量生産されている。もしレシピがでかい組織に流れたりすれば、そんな工場にサファイヤの製造ラインができて、いまの比にならないほどサファイヤが流通することになる。そして、それだけサファイヤの奴隷も増えるんだよ」

立ち上がった番田は、岳士を見下ろす。

「サファイヤが流行《はや》ってきてから、ドラッグで死ぬ奴らが増えてきた。その中にゃ、まだ年端もいってねえガキもたくさん含まれているんだ。だから俺は、どんな手段を使ってもサファイヤをこの世から消してやる。この答えで納得か？」

岳士は小さく頷くことしかできなかった。

「納得したら、なにがなんでもスネークのリーダーの正体を探れ。分かったな」

番田は伝票を摑み、身を翻した。会計を終えた番田の姿が見えなくなると、岳士はおぼつかない足取りで奥にあるトイレへ向かう。個室に入って鍵を閉めた岳士は、扉に背中を預けると、そのまま座り込んだ。耐えがたい寒気が全身を襲っていた。岳士は両手で自分の肩を抱くようにして身を小さくする。

少女が命を失った責任。迫っている警察の捜査網。自分たちを追っている正体不明の存在。その一つ一つがのしかかり、心臓を押しつぶしていく。

『大丈夫か？』

「大丈夫なわけないだろ！」

叫ぶように答えると、岳士は右手でジーンズのポケットを探った。指先でポケットの底にある固まりを摑み、取り出す。小さな容器に詰まったエメラルドブルーの液体が、電球の光を反射した。家を出るとき、海斗に気づかれないようにポケットに入れておいたものだった。

『おい、なんでそんなもの持ってきているんだよ⁉』

岳士は無言で容器の中で揺れる液体を眺め続ける。これさえ飲めば、背骨が折れそうなほど重くのしかかっている恐怖、焦燥、後悔、全ての負の感情が溶けて消え去ってくれる。

『やめろ。そんなの飲んだって、何時間か苦しさを誤魔化せるだけだって。意味はないだろ』

海斗が容器を取り上げようとするが、岳士は右手を高く上げてそれを防いだ。

「分かってる。分かっているけど……ダメなんだ」

数時間、そのわずかな間だけでも、全てを忘れて解放されたい。狂おしいほどの欲求に抗《あらが》うことなどできなかった。岳士は容器の先端を奥歯で嚙むと、手首を捻って蓋を開ける。

『俺の話を聞けって。それがどんなクスリか知っているだろ！』

蓋を吐き捨てると、岳士は中身を喉の奥へと流し込んだ。粘ついた甘みが口の中に残る。

『間違っている。こんなの、お前のためにならない。頼むから、すぐに吐き出して……』

懇願するような海斗の声は次第に小さくなっていき、やがて聞こえなくなった。左手首から先の感覚が戻ってくると同時に、胸に満ちていた苦しみが消え去り、代わりに幸福感が満ち溢れる。重力が急に消え去ったかのように体が軽くなった。

恍惚のため息をついた岳士は、立ち上がると鏡を覗き込んだ。そこに映るのは、血色悪くやつれた男ではなく、頬を上気させ、幸せそうに微笑んだ自らの姿だった。

鏡に向かっていると、海斗と向き合っているような心地になる。岳士ははにかんだ。

「悪いな、海斗。ただ、今回はしかたがないんだ。もう、こんなクスリ使ったりしないからさ」

言い訳しながら鏡に映る笑顔を見る。海斗が笑って許してくれたような気がした。さて、このあと何をしようか。せっかく品川まで出てきているのだから、これまで警察の目が怖くてほとんどできなかった東京見物としゃれこむのも悪くない。それとも、ウィークリーマンションに戻ってまた彩夏さんと……。昨日の官能的な記憶が蘇ってきて、下半身が熱くなっていく。急速に膨らんでいく性欲が、東京見物の興味を飲み込んでいく。

さっさとこの店を出て、川崎へと帰ろう。トイレから出ようとしたとき、羽織っていたサマージャケットの内ポケットから振動が伝わってきた。

「なんだよ、こんなときに」

出鼻をくじかれた岳士は悪態をつきつつ、懐からカズマのスマートフォンを取り出す。どうせ、またサファイヤを売って欲しいとかいう連絡だろうと思って液晶画面を見ると、そこには『ヒロキさん』と表示されていた。

「……あいつかよ」

岳士は駄々をこねるように震え続けるスマートフォンを眺める。できることなら、無視をしてマンションに戻りたかった。しかし、ヒロキからの連絡は、真犯人に繋がる細い糸だ。

わずかに残っていた理性が、指を『通話』のアイコンへと向かわせる。

「なにしてんだよ。俺から連絡があったらさっさと出やがれ」ヒロキの怒鳴り声が響く。

「すみません。ちょっと気づかなくて」サファイヤの影響で呂律が回りにくかった。

「……まあいい。それよりまた取引だ。明日の午後五時。前回取引した多摩川河川敷のグラウンドに直接来い。いいか、明日の午後五時だぞ」

用件だけ言い残すと回線が切れた。

「明日か……」一言つぶやくと、岳士はスマートフォンを内ポケットに戻し、トイレから出る。

大股に店の出口へと向かう岳士の頭からは、もはや明日の取引のことは消え去りかけていた。

彩夏と一刻も早く肌を重ねたい。サファイヤで蕩けた脳から湧き上がるその欲求が、岳士の足を動かし続けた。

8

夕日に照らされた住宅街を歩きながら、岳士はライダーグローブを嵌めた左手を見下ろす。

「おい、聞こえているんだろ。なんとか言えって」

「悪かったって言っているだろ。そろそろ機嫌直してくれよ」

岳士はため息交じりに謝罪する。今朝からずっと、こうして話しかけているのだが、海斗は一言も返事をしなかった。あまりにも反応がないので、サファイヤを飲んだときのように深く眠っているのかとも疑った。しかしいま、左手首から先の感覚はない。眠りについているなら、左手の『権利』も失うはずだ。やはり、へそを曲げて無視しているだけなのだろう。

当然といえば当然か。岳士は後頭部を掻く。

昨日、品川のカフェでサファイヤを飲んでから川崎のウィークリーマンションへ帰った岳士は、抑えきれない欲望を胸に彩夏の部屋のインターホンを鳴らしたが、彼女は留守だった。しかたがなく岳士は自室へと戻った。

凶暴な性欲を発散できなかったことは残念だったが、ベッドに横になり目を閉じれば、このうえない幸福感に包みこまれた。瞼の裏には万華鏡のごとく色とりどりの煌めきが輝いていた。
二、三時間、宝石がちりばめられているような世界に揺蕩《たゆた》っていた岳士の意識は、ドアの閉まる音で覚醒した。壁に耳をつけると、サファイヤにより鋭敏になっている聴覚が、かすかな足音をとらえた。ベッドから飛び起き、靴を履くこともせずに外廊下に出た岳士は、彩夏の部屋の玄関扉をノックした。インターホンを押すことすらもどかしかった。
開いた扉から彩夏の顔が覗いた瞬間、理性を保てなくなった。押し入るように部屋に入ると、目を見張る彩夏を壁に押し付け、ドラッグで昂ぶっている気持ちのままに彼女の唇を奪った。

最初彩夏の唇は固く閉ざされていたが、執拗《しつよう》に舌で舐《ねぶ》るうちにやがて力が抜けていき、やがて積極的にキスに応えはじめた。数十秒、お互いの舌を絡め合ったあと体を離すと、「驚いたじゃない」と艶やかに微笑み、岳士の手を取って部屋の奥へと連れて行った。

ベッドに押し倒そうとする岳士を「待って」と押しとどめると、彩夏はベッドサイドに置かれた鏡台の抽斗《ひきだし》を開け、中からサファイヤを二つ取り出した。岳士がすでに飲んでいることを告げると、彩夏はわずかに不満そうな表情をして一本を抽斗にしまい、残りの一本を呷《あお》った。

二人は一昨日と同じように激しく、体力が続く限り交わった。疲れ果てて狭いベッドで重なりあうように数時間睡眠をとったあと、再びサファイヤを飲んで行為に及びさえした。

夜通し断続的に求めあい、朝日がカーテンの隙間から差し込みはじめたころ寝息を立てる彩夏を部屋に残し、ようやく岳士は自分の部屋に戻ったのだった。

肌に彩夏の感触を残したままベッドに倒れこみ、気絶するように眠りに落ちた。そして三時間ほど前、『いつまで寝てるつもりなんだよ！』という海斗の怒鳴り声で起こされた岳士は、午後五時の取引を思い出し、慌てて部屋を出たのだった。

電車を乗り継いで駅に着き、こうして河川敷を目指して歩いている。岳士は左手に向かっておずおずと訊ねる。

「海斗、まさかお前、サファイヤの影響で喋れなくなったとか、そういうことはないよな？」

『……そんなことないよ』どこまでも不機嫌な声が返ってくる。

「なあ、そんなに怒るなって」

『うるさい。話したくない』

「追い詰められて、頭がどうにかなっちゃいそうだったんだよ。だから……」

『追い詰められた状況だからこそ、冷静にならないといけないんだろ。けれどお前はクスリに逃げたんだよ。卑怯者』

「卑怯者って、そんな言い方ないだろ」

『本当のことだろ。こんな大変なときに、のんきにまたあのお姉さんと一晩中いちゃつくなんて、なに考えているんだよ』

「なんでそのことを⁉」

昨日、品川のカフェでサファイヤを飲んでから今朝起きるまでの間に、左手の感覚は戻っていた。彩夏とのことは、海斗には分からないはずなのに。

『やっぱり、あのお姉さんと過ごしていたのか』

海斗が呆れ声で言う。かまをかけられたことに気づき、頬が引きつった。

『あのお姉さんには近づくなって、何度も言っているだろ』

「彩夏さんのなにが問題だって言うんだよ」

『駐輪場でのことを忘れたのか？　完全に目がいっちゃっていただろ。まともじゃないよ』

手首を振る海斗を見ながら、岳士はぼそりと「仕方がないだろ」とつぶやいた。

『仕方がない？』

「あの人は、弟を亡くしたんだぞ。子供のときからずっと一緒に過ごしてきた弟を。それがどんな気持ちか分かるか？」

海斗は答えなかった。

「彩夏さんは『世界が壊れた』って言っていただろ。まさにそんな感じなんだよ。それまで生きてきた日常が、鏡が割れたみたいに音を立てて木っ端みじんになるんだ。まともでなんかいられるわけない。あの人は俺と同じなんだよ」

『……お前は、おかしくなってなんかいないよ』

「おかしくなっていない？　俺は、死んだ兄貴に左手を乗っ取られたなんて言ってるんだぞ。どう考えてもまともじゃないだろ。彩夏さんより俺の方がはるかにやばいんだ」

岳士は激情に突き動かされるままに、まくしたてる。

「俺には彩夏さんの気持ちが分かるし、あの人も俺の気持ちを分かってくれる」

『だとしても、近づかない方がいい。あの人のせいで、お前はクスリに手を出したんだから』

海斗の声には苦悩が満ちていた。岳士は大きく右手を振る。

「サファイヤがなんだっていうんだ。少し気持ちがよくなるだけじゃないか。そもそも、あのクスリの効果がある間は、左手も元通りなんだ。ある意味、そっちの方がまともだ」

『サファイヤが効いている状態がまとも？　ふざけるな！　セーラー服の子を思い出せ』

幸せそうに微笑みつつ、スローモーションで落下していく少女の姿が蘇り、頭痛が走る。

『あのお姉さんといると、お前はまたサファイヤを使う。だから、もう近づくなよ。できればあの部屋も解約して、新しい隠れ家を……』

「うるさい！　あの人は俺にとって必要なんだ。お前なんかより、ずっとな！」

海斗が息を呑む気配が伝わってくる。自分が放ったセリフを反芻《はんすう》し、岳士は我に返った。

「いや……。別にそういう意味じゃ……」

数秒の沈黙ののち、海斗は『着いたね』とつぶやいて前方を指さす。顔を上げると、数十メートル先に土手が見えた。あそこを越えれば、指定されたグラウンドへ着く。

『なにをぼーっとしているんだよ。さっさと行くぞ』

岳士はためらいがちに頷くと、土手を越えて前回取引を行った野球用のグラウンドへとたどり着く。まだヒロキたちの姿は見えなかった。

『まだ来ていないみたいだね。ここでちょっと待っていようか』

促されて一塁側のベンチに腰掛ける。さっき言ったことについて謝罪をしたかったが、どう切り出せばよいか分からなかった。お互い無言のまま、粘着質な時間が過ぎていく。

プレッシャーに耐えきれなくなった岳士が口を開きかけたとき、唸《うな》るようなエンジン音が辺りに響いた。振り返ると、土手の上に無骨なＳＵＶが停まっていた。中からヒロキが部下の二人とともに降りてくる。

『ご到着だね。さて、行こうか』

岳士は重い足を動かして土手を上がっていく。

「車で来たんですか?」

「おう、今日は普段の取引とはちょっと違うからな」ヒロキは軽く手を上げた。

「普段と違う?　どういうことです?」

訊ねる岳士の前に、部下の一人が体を入れてくる。

「うるせえな。お前は黙って突っ立ってればいいんだよ」

「まあ、そういうことだ。今日の取引相手はこの前と同じ奴だから、気軽に構えてな」

岳士の肩を叩いたヒロキは、じっと顔を見つめてきた。

「な、なんですか?」

「いや、なんでもねえよ」

含みのある口調でヒロキが答えたとき、ワゴン車が近づいて来て、そばで停車した。

「どうもどうも」

明るい声とともに、先日も取引をした金髪の男が助手席の窓から顔を出す。

「それじゃあ、さっそくでなんですが、始めましょか」

ワゴンから体格のいい男が二人降りてくる。こちらも前回見た男たちだった。ワゴン車のスライドドアを開けた彼らは、後部座席に積み込まれていた段ボールを運び出そうとする。

「おい、ぼーっとしてねえで、お前も手伝えよ。こっちに積み替えるんだ」

SUVのバックドアを開けながら、ヒロキの部下の一人が言う。岳士は金髪の男の部下が車から出した段ボールを抱えるように受け取った。腕にずしりと重みが伝わってくる。おそらく二十キロはあるだろう。

『今回はサファイヤを売るんじゃないみたいだね』

海斗のつぶやきを聞きながらSUVへと段ボールを積み込む。ヒロキがそれを開けて確認すると、中には濁った緑色の液体の入ったペットボトルが詰まっていた。

『なんだよ、あのどぶ川の水みたいなのは？』

「さあな」

海斗と岳士が小声で話していると、金髪の男がヒロキの隣に並んだ。

「ご注文の品、集められるだけ集めました。これだけあれば十分でっしゃろ？」

「ああ、当分はな。まだ在庫はありそうか？」

「このクスリ、いまじゃまったく売れまへんからな。在庫抱えてヒーヒー言っている奴ら、まだまだおるでしょ。またしっかり集めておきますよ。もし在庫がなくなったら、大陸ルートであらためて仕入れるさかい、大船に乗った気でいてください。その代わり、関西の他の組織にはサファイヤを流さない。その約束、忘れんといてくださいよ」

「分かっているよ。ちゃんと、おたくの組織にだけ、格安でサファイヤを卸しているだろ」

「お世話になっています」金髪の男は調子よく自分の後頭部をはたく。

『おい、これって』

「ああ……」

　ペットボトルに入っている物質の正体に気づきはじめた岳士の前で、ヒロキはジャケットのポケットから分厚い封筒を取り出し、金髪の男に渡した。

「代金だ」

「おおきに」金髪の男はいそいそとそれを懐にしまい、粘着質な笑みを浮かべる。「しかし、こんなクズみたいなクスリが、蒼い宝石になるんですなぁ。本当にまるで魔法だ。ヒロキさん、一度でいいんで、あのクスリを作っている『錬金術師さん』とやらに挨拶させていただくわけにはいきませんか？」

「……サファイヤが必要になったらまた連絡をくれ」

　取りつく島もないヒロキの態度に、一瞬だけ鼻白んだ金髪の男だったが、すぐに「えらいすみませんでした」と元の調子にもどり、部下の男たちとともにワゴンに乗りこんだ。

『やっぱり、この段ボールの中身はサファイヤの原料だよ。昨日、番田刑事が言っていたやつだ。そして、あの男が言っていた錬金術師っていうのは……』

「サファイヤを作っている奴らのことだな」

　岳士が押し殺した声で答えていると、金髪の男が窓から顔を出した。

「錬金術師さんへの挨拶の件、考えておいてくれまへんか。あんな上質なクスリを一人で作っている天才がどんな人なのか、興味あるんですよ」

ヒロキが無視を決め込むと、金髪の男は肩をすくめて顔を引っ込める。

『おい、ちょっと待ってくれよ。サファイヤを作っているのって一人なのか⁉』

海斗の裏返った声を聞きながら、岳士の口も半開きになる。

『まあ……、なんにしろ、その段ボールは錬金術師って奴に渡されるはずだ。そして、その錬金術師が、真犯人に繋がる最後の手がかりだ。絶対にそいつが誰かつきとめるぞ』

「ああ……、分かってる」

なんとか冷静さを取り戻した岳士が頷くと、ヒロキが近づいてきた。

「これで今日の取引は終わりだ」

「え？　けれど、その段ボールを誰かに渡すんじゃ？」

「なんでそう思うんだ？」ヒロキの声に警戒の色が混じる。

「いや、それは……、さっきの男が、錬金術師にクスリを渡すとかなんとか言って……」

「あの馬鹿の言うことなんか気にしなくていい」

「でも、それを誰かに渡すなら、その取引現場に俺もいた方がいいと思うんですけど」

「ああ、うるせえな」ヒロキは苛立たしげに吐き捨てる。「トラブルなんかあり得ねえんだよ。俺は立ち合いもしなければ、誰に渡すかも知らねえんだからな」

返答に迷っている岳士に、ヒロキは「分かったかって聞いているんだよ」と詰め寄ってくる。

『これ以上、粘らない方がよさそうだね。その代わりに……』

海斗の指示を聞いた岳士は、「分かりました」と頷き、SUVのバックドアを閉めた。

「二度とぐだぐだ言うんじゃねえぞ」

「はい、すみませんでした！」

覇気《はき》のこもった返事をすると、ヒロキの表情がわずかに緩む。

「まあ、ちょっと気合が入り過ぎただけだよな。そのやる気は次に取っておけ。もっと危険な相手との取引もあるからよ。お前にはけっこう期待してんだぜ。で、今回はどっちにする？」

「え、どっちって？」

「報酬だよ。金かサファイヤ、今回はどっちで欲しいんだよ」

ヒロキが目配せすると、部下の一人がSUVのダッシュボードから、クラッチバッグと薄い封筒を取り出した。

『金だ！』海斗が叫ぶ。『もうサファイヤは必要ないはずだ！』

その通りだ。供給源への手がかりを摑んでいるいま、もうサファイヤは必要ない。

金を……。そう言おうと口を開きかけたとき、わずかに開いたクラッチバッグのファスナーから、蒼い輝きがのぞいた。視界がぐらりと揺れ、舌が勝手に動く。

「サファイヤでお願いします」

『おい！　なに言っているんだよ⁉』

ヒロキは頬を掻きながら、取り巻きから手渡されたクラッチバッグを差し出してくる。岳士がそれを摑むと、ヒロキが顔を近づけてきた。

「やりすぎるなよ」

「え？　なんのことですか？」

「誤魔化すんじゃねえよ、サファイヤに決まってんだろ。昨日電話したとき微妙に呂律が回っていなかった。サファイヤをキメている奴の特徴だ。それに自分がどんなツラしていると思っているんだよ。目の下にパンダみたいな隈ができているぞ。大方、夜通しサファイヤ使って女としけこんでいたんだろ」

図星を突かれ、言葉が継げなくなる。ヒロキはこれ見よがしにため息をついた。

「俺もときどきあのクスリを使う。節度を持って使う分にゃ、ありゃ最高だ。けれどな、その『節度』ってやつを守らなかった奴らがどうなるか、お前だって知ってるはずだ」

サファイヤの奴隷となった人々の姿が頭をかすめ、気温が下がった気がした。

「お前、サファイヤをはじめたの最近だろ。注意しねえと、取り返しがつかなくなるぞ」

「……どういうことです？」

「基本的にサファイヤの奴隷になるのは、何ヶ月も連続してあのクスリを使ってきた奴らだ。けどな、例外もあるんだよ。サファイヤをはじめてすぐ、まだ体が慣れていねえうちに大量に使うと、いきなりおかしくなる場合がある。一気にあれなしじゃ生きられないようになっちまうんだ。だから俺たちは、最初のうちは少量しか売らない。客をいきなりぶっ壊しちまったら、商売にならねえからな」

岳士の肩をもう一度軽く叩くと、ヒロキは車の助手席に乗りこんだ。

「お前には、これから長く働いてもらうんだからな。勝手にぶっ壊れるんじゃねえぞ」

ヒロキたちが乗ったSUVがけたたましいエンジン音を上げて走り去っていく。

右手に持つサファイヤ入りのクラッチバッグが、急に重くなったような気がした。


「どうも、お世話になりました」

通話を終えた岳士は、右手の中にあるカズマから受け取ったスマートフォンを眺めた。

『な、うまくいっただろ』

ボールペンを持つ海斗が得意げに言う。デスクに置かれたメモ用紙には板橋区の住所が記されていた。やや丸みを帯びた癖のある文字が、生前の海斗の筆跡そっくりであることに気づき、岳士は唇を軽く嚙む。

多摩川で取引を終えたあと、海斗は『すぐに部屋に帰れ』と指示してきた。多摩川から川崎に戻る間、報酬としてサファイヤを受け取ったことについて、海斗が責めることはなかった。それがどうにも居心地が悪かった。マンションに着くと、海斗は次に取るべき行動について指示を出した。海斗の意図を理解した岳士は、すぐにそれに従った。

「けれど、最近の電話会社はこんなサービスまでしているんだな」

『それだけ、失くす人が多いってことだよ。スマートフォンにはGPS機能があるからね。電源さえ入っていればどこにあるか分かるのさ』

二時間ほど前、多摩川でヒロキに食い下がっていたとき、海斗は『自分のスマートフォンをトランクの中に隠せ』と指示をした。なんのためにそんなことをするか分からなかったが、岳士は言われた通りバックドアを閉める際に、SUVのトランクにスマートフォンをそっと忍ばせた。渋谷で男から盗んだ運転免許証で契約しておいたものだった。そして数分前、電話会社に連絡し、「スマートフォンを失くしたのだが、いまある場所を教えて欲しい」と頼むと、簡単な本人確認のあと、オペレーターはあっさりと大まかな場所を教えてくれたのだった。

「サファイヤの原料はいまここにあるってことだな」岳士は机に置かれたメモ用紙を手に取る。

『たぶんね。けれど、きっと今夜にでも引き渡されるはずだ。だから、急いで行かないと』

窓から差し込む光は、紅く色付きはじめている。まもなく日が落ちるだろう。岳士は「そうだな」と玄関を出ると、非常階段を駆け下りていく。

『おいおい、どこに行くつもりだよ』

一階に着き、マンションの正面側に向かおうとすると、海斗が声を上げた。

「どこって、駅に決まっているだろ」

『電車で行くつもりかい？　よく考えなって。原料はかなりの重量があるんだよ。受け取る方も車を使うに決まってるじゃないか。どうやってそいつらを尾行するつもりだよ』

「どうやってって……、じゃあどうすればいいんだよ？」

『一昨日、いいもの貰ったじゃないか。それを使うんだよ』

顔の前で左手が開く。そこに握られていたものを見て、岳士は息を吞む。それはキーだった。彩夏から渡されたバイクのキー。

「まさか、バイクに乗れっていうのか⁉」

『それ以外に、車を追跡する方法はないだろ』

「けれど……」事故の記憶が蘇り、息が乱れてくる。

『迷っている暇なんかないんだよ。あの原料は色々なリスクを冒してようやくたどり着いた手がかりなんだ。このチャンスを逃したら、もう真犯人にはたどり着けない』

強い口調で促され、岳士はおぼつかない足取りでマンションの裏手へと向かう。駐輪場の一番奥に置かれている大型バイクの前に立つと、海斗がキーを差し込み、手首を捻った。重いエンジン音が臓腑を震わせる。

『もう日が沈みかけてるぞ。早く乗るんだ！』

　岳士は細かく震える手を伸ばす。指先がハンドルに触れた瞬間、普段よりもはるかに鮮明に、あの事故の記憶がフラッシュバックした。飛びすさった岳士の背中が停めてある自転車に当たり、数台が将棋倒しになる。

「……無理だよ」口からこぼれた声は、自分でもおかしく感じるほどに弱々しかった。

『無理でもやるしかないんだ。もういつ警察が僕たちを見つけてもおかしくないんだから』

「無理なものは無理なんだよ！　あの事故を思い出すんだ。お前が死んだあの事故を」

『……忘れればいいじゃないか』

「そんなことできるわけがないだろ！」

『できるよ』海斗は冷たく言い放つ。『忘れられるクスリ、持っているだろ』

「それって……」

　左手が動き、ジーンズの右ポケットから蒼い液体が入った容器を取り出す。

『これを飲めば、嫌なことを全部忘れられるんだろ？』

「けどお前、サファイヤを飲むのに反対じゃ……」

『ああ、もちろん反対だ。こんな怪しいクスリ。そのうえ、ハイになった状態でバイクを運転するなんて普段なら絶対にさせない』

「じゃあ、なんで……？」

『そんなこと言っている場合じゃないからだよ。このチャンスを逃せば、間違いなく僕たちは殺人犯として逮捕される。人生お終いだ。それを考えたら、仕方がないんだよ』

海斗は指先で器用に容器を開けると、それを口元へと持っていく。

「ま、待ってくれ」

『なに言ってるんだよ。昨日はあんなに止めたのに飲んだくせに。いいから覚悟を決めな。バイクを運転して、あの原料がどこに運ばれるか確かめるんだ。これを飲んだら僕は意識を失う。あとはお前が自分で状況を判断して、臨機応変に行動するんだ』

海斗は容器を指先で押しつぶして、中身を強引に口の中に流し込む。岳士は数秒、人工的な甘みを帯びた液体を口にためたあと、ゆっくりとそれを飲み下した。

『いいか、安全運転を心がけろよ。それに、ノーヘルだと警察に捕まる可能性がある。すぐ近くにあるホームセンターで、ヘルメットを買って……』

海斗の声が小さくなり、それとともに動悸《どうき》がおさまっていった。体温がわずかに上がった気がする。岳士は空に向かって「ほぅ」と息を吐いた。焦りや不安が急速に希釈されていく。

海斗の言うとおり、これはチャンスなんだ。あの原料を追っていけば、錬金術師に迫ることができる。そうすれば、きっと真犯人の正体にも大きく近付けるはずだ。

行こう。勢いよくバイクに跨《また》がった岳士は、両手でハンドルを握る。しかし、そこで体が動かなくなった。

「……なんでだよ？」

エンジンを吹かそうとするのだが、それができなかった。まるで脳との間の神経が断線したかのように体が動かない。

幼馴染の少女のこと、精神病院に強制入院させられかけたこと、河川敷で死体を見つけたこと、そして警察に追われていること。負の記憶はサファイヤによって溶け去っている。しかし、四ヶ月前に自らの分身を失った忌まわしい記憶だけが、壁に奥深く根を張ったカビ汚れのように、心の奥底に染みつき、消えなかった。

「動け！　さっさと動くんだよ！」

必死に自らを鼓舞するが、そのたびにぼやけている事故の記憶が鮮明になっていく。このままじゃ無理だ。あの夜の記憶を消すためには……。岳士は両手をハンドルから離すと、右手をジーンズのポケットに入れる。指先がもっとも奥にある物体に触れた。

岳士は緩慢な動きで手を引く。人差し指と中指に摘《つま》まれて、蒼い液体で満たされたプラスチック容器が現れた。

「悪いな、海斗。予備に、もう一つ持っていたんだよ」

岳士は自分の意思通りに動くようになった左手で、容器の蓋を開けた。

9

いま、何時なんだろう？　駐車場の一番奥まった位置、コンクリートブロックと駐車中のセダンの間でヘルメットを抱きかかえて座り込みながら、岳士は腕時計を見る。時刻は午後十時を回っていた。すでに二時間以上、ここであぐらを掻いて多幸感に浸っていることになる。

三時間ほど前、駐輪場で二本目のサファイヤを飲み干すと、最後まで心に染みついていたバイク事故の記憶も、掌に落ちた雪のように消え去った。体中に自信がみなぎり、どんなことでもできるような心地になった岳士は、エンジンを思い切り吹かすと、狭い駐輪場でターンを描いてバイクを発進させた。途中、海斗に指示されていた通りにフルフェイスヘルメットを購入し、電話会社から教えてもらった住所へと急いだ。

臀部に伝わってくるエンジンの息吹、切り裂かれて左右に割れていく風、高速で視界の両側に流れていく景色、四ヶ月ぶりに味わう感覚が胸を高鳴らせた。やがて目的の住所に着くと、周囲をバイクで流していった。そしてついに、住宅街の中にあるコインパーキングにヒロキのＳＵＶが停めてあるのを見つけた。

二十台ほどが停車できるコインパーキングの外にバイクを停め、岳士はＳＵＶに近づいていった。車内を覗き込み、トランクに段ボールが積み込まれたままになっていることを確認すると、そっとバックドアを開けてみた。予想に反し鍵はかかっていなかった。そうしてトランクに忍ばせていたスマートフォンを回収した岳士は、セダンの陰に身を隠したのだった。

待つのは苦痛ではなかった。ただサファイヤによる多幸感に浸っていればいいのだから。このままサファイヤの効果が切れるまで、一晩中こうしていてもかまわなかった。

幸せが溶けた息を吐いていると、パーキングの入り口にあるバーが上がる音が聞こえてきた。岳士はセダンの陰から様子を窺う。

軽自動車が敷地に入ってきて、ＳＵＶのそばで停止する。中から細身の人影が出てきた。顔の下半分を大きなマスクが覆っているため人相ははっきりしないが、おそらく若い男だろう。男は神経質に辺りを見回しながらＳＵＶに近づくと、バックドアを開けた。

かかった！　いますぐ飛び出して、男に飛びかかりたいという衝動を必死に抑えこむ。あの男が錬金術師だとは限らない。ただの運搬役かもしれない。

岳士は息をひそめ、観察を続ける。男はよろけながら、軽自動車の後部座席に段ボールを移し終えると、再び運転席に乗り込んだ。Ｕターンした車がパーキングを出て行くのと同時に、岳士はセダンの陰から出て走りだした。パーキングを出て、外に停めておいたバイクに飛び乗る。キーを回してエンジンを吹かすと、一気に車道へと飛び出した。

車は路地を抜け、片側三車線の大通りへと出る。岳士は気づかれないように二十メートルほど距離を取りつつ、尾行を続けた。三十分ほど大通りを進むと、車はやや細い通りへと入っていった。交通量が少なくなったので、さらに距離を取って警戒しつつついて行く。やがて車は減速して歩道に乗り上げ、長さ数メートルはある横開きの鉄製の扉の前で停車する。マスクの男が運転席から降りてきた。

尾行に気づかれないよう車の横を通過した岳士は左折して横道に入ると、バイクを停めて降り、電柱の陰から様子をうかがう。

マスクの男は苦労しながら重そうな扉を開け、再び車に乗り込んで中へと入っていった。電柱の陰から出た岳士は、すでに閉じられていた扉の脇の表札に記されていた文字を見て、眉根を寄せる。そこには「交教理科大学　理学部キャンパス」と記されていた。

「大学？」

辺りを見回して誰もいないのを確認した岳士は、ジャンプをして二メートルほどの高さの扉に手をかけ、よじ登っていく。向こう側には開けた空間が広がっていた。多くの樹木が生えていて、その間をアスファルトで舗装された道が走っている。

あの車はどこに？　扉を乗り越えた岳士は、街灯の薄い光に照らされた道を進んでいく。

数分歩くと、樹々の隙間から軽自動車が見えた。岳士は一瞬迷ったあと、暗い林の中に入る。足元に気を付けつつ、樹木の陰に隠れながらじわじわと近づいていくと、道路脇に停めた車から男が段ボールを降ろしていた。男は段ボールを抱えたまま、林の奥へと進んでいく。岳士は足音が響かないように注意して、あとを追った。

やがて、林の中にポツンと建つプレハブ小屋のような建物が見えてきた。男は建物の入り口に近づくと、段ボールを降ろし、扉についていた南京錠を鍵で開ける。岳士は太い樹の後ろに隠れながら、男が建物内に入っていくのを見守った。

数分後、プレハブ小屋から出てきた男は南京錠をかけ、疲労困憊《こんぱい》のていで車へと戻っていく。

「海斗、どうする?」

男を追うべきか否か迷い、左手を見下ろす。しかし、答えは返ってこなかった。海斗が眠っていることを思い出した岳士は、車とプレハブ小屋の間でせわしなく視線を往復させる。決断が下せないうちに、車は走り去ってしまった。一瞬、自己嫌悪が湧くが、まだ残っているサファイヤの効果がすぐにそれを洗い流してくれる。

まあいい。サファイヤの原料があのプレハブ小屋に持ち込まれたのは間違いないのだ。きっとあそここそが、サファイヤの製造場所に違いない。

あの建物の中には誰かいるのだろうか? いや、南京錠をかけたということはその可能性は低い。それなら……。岳士は足音を殺しながらプレハブ小屋へと近づいていく。

入り口の脇には、風雨に晒されてぼろぼろになった木札が掛けられていた。顔を近づけ、掠《かす》れて消えかけている文字を読む。そこには「野中研究室(仮設)」と記されていた。

「工事かなにかで研究室が使えないとき、一時的にここを使っていたってとこか。で、必要なくなったらそのまま放置された、と」

いつものくせで、海斗に同意を求めるように喋ってしまった岳士は、唇を歪めながら頑丈そうな南京錠がかかっている扉を観察する。建物自体は簡素な作りなので、扉ごと破壊することは可能かもしれない。しかし、それは避けたかった。ここを使っている連中に気づかれないよう調べることができれば、今後色々と有利になる。

小屋の周りを移動し、鍵がかかった窓越しに中を覗き込むが、曇りガラスで室内の様子は分からない。裏手に回った岳士は、高い位置に小さな換気口を見つけた。

あそこから中を覗き込めるかもしれない。岳士はそばに生えている太い樹の幹をよじ登る。うまい具合に小屋の上まで太い枝が伸びていた。慎重にその枝を伝っていき、小屋の屋根へと降りた岳士は、トタン屋根を踏みぬかないよう棟木《むなぎ》の上に立つ。換気口がある位置で四つん這いになり、屋根の縁から顔を出した。計算通り、換気口から中の様子が見える。

曇りガラスからわずかに差し込む街灯の光と月明かりにだけ照らされた室内は暗かったが、闇に慣れた目は何とか大まかな様子をとらえることができた。

そこは学校の理科実験室のようだった。長机の上にビーカーやフラスコ、バーナーなどの器具が並んでいる。しかし、ところどころに、見たことのない大掛かりな機器も置かれていた。そして床には、さっき男が運んだ段ボールだけでなく、ポリタンクや巨大なガラス瓶などが所狭しと並べられている。おそらくあれらも化学薬品なのだろう。

間違いない、ここがサファイヤの製造所だ。岳士は屋根から飛び降りる。

「さて、どうするか……」

小屋を監視して出入りする者を探るか、気づかれるのを承知で小屋の中を調べるか。監視を選べばリスクは少ない。ここでサファイヤを作っている以上、いつかは錬金術師がやって来る。しかし、それがいつかは分からない。

一人で見張るには限界がある。それならリスクをとって小屋の中を調べるべきではないだろうか？　小屋の中にはきっと、錬金術師に繋がる手がかりがあるはずだ。それを見つければ一気に正体に迫ることができ、ひいては早川殺しの真犯人に近づけるはずだ。

小屋を見つめたまま、岳士は唇を舐めて思考を巡らせ続ける。

もう時間がない。いつ警察に逮捕されてもおかしくない状況だ。ここはリスクを取っても中を探るべきだ。心を決めた岳士は足元に落ちていた拳大の石を拾い上げると、再び窓へ近づいていく。入り口の扉を壊すより、ガラスを割って窓を開ける方が簡単だ。石を摑んだ右手を大きく振りかぶったとき、全身の細胞が大きく蠕動《ぜんどう》した。手から石が零れ落ちる。

なんだ？　困惑しながら岳士は両手を顔の前に持ってくる。心臓が拍動するたびに視界がぶれる。体温が急速に上がっていく。次の瞬間、一際強い衝撃が全身を走り抜けた。意識が飛びかけ、反射的に目を閉じる。ふわふわと宙を漂っているような浮遊感が体を包み込んでいた。

おずおずと瞼を開いたとき、岳士は啞然とした。

すぐ目の前に自分がいた。口を半開きにし、呆けた表情で立ち尽くしている自分が。それをいま、少し高い位置から見下ろしている。それはまるで、魂が体の外にはじき出されてしまったかのようだった。

「なんだよ……これ……？」

見下ろしている自分が喋った。意思通りに体を動かすことはできる。しかし、それは自らの体を遠隔操作しているような感覚だった。

どうすればいいんだ？　どうすれば元に戻ることができる？　焦る岳士は、自分の内側から耐えがたい衝動が湧き上がっていることに気づく。宝石のごとく蒼く輝く液体への欲求。

サファイヤだ。サファイヤをすぐに飲まないと。

なぜそう思ったか分からなかった。ただ、狂おしいほどの欲求が、サファイヤを摂取することでこの状況が改善するはずだと告げていた。

離れた位置に立っている自らの体に、岳士は指示を送る。右手がジーンズのポケットへと入っていく。指先の感触がいくらかのタイムラグをもって伝わってくる。しかし、その手がプラスチックの容器に触れることはなかった。

そうだ、ポケットに忍ばせていた二つのサファイヤは、バイクに乗るときにすべて使ってしまったんだ。絶望が心を染め上げていく。

岳士は目の前にある体に指示を送り、全身のポケットを探らせる。その手の動きは次第に緩慢になっていった。体の操作ができなくなっている。それとともに、「自分」がじわじわと希薄になっていった。このまま「薄く」なり続けたら、俺はどうなるんだ……？

恐怖に支配されつつ、岳士ははっと気づいた。

中だ。この小屋はサファイヤの製造所だ。中にサファイヤがあるかもしれない。

もはや命令をきかなくなりつつある体を必死に動かし、足元に落とした石を持ち上げさせる。

投げろ！　窓に向かって投げつけるんだ！

体は両手で石を持つと、不格好なフォームでそれを放る。しかし、その石は弱々しい放物線を描くと、窓のそばの壁に当たって落下した。

慌ててもう一度石を拾おうとするが、すでに体はぴくりとも動かなかった。次第に「自分」が、意識が消えていく。もう小屋も、周りの林も、自分の姿も見えなかった。ただうっすらと、ブレザーを着た、愛しい幼馴染の少女の姿が見えた気がした。やがてその姿が、彩夏と重なったところで、電源が切れるようにすべてが真っ黒に塗りつぶされた。

（下巻につづく）

初出　「別冊文藝春秋」第三二七号〜第三三九号
単行本　二〇一九年三月　文藝春秋刊

文春文庫

レフトハンド・ブラザーフッド　上

定価はカバーに表示してあります

2021年11月10日　第1刷

著　者　知《ち》念《ねん》実《み》希《き》人《と》
発行者　花田朋子
発行所　株式会社 文藝春秋

東京都千代田区紀尾井町 3-23　〒102-8008
ＴＥＬ　03・3265・1211㈹
文藝春秋ホームページ　http://www.bunshun.co.jp

落丁、乱丁本は、お手数ですが小社製作部宛お送り下さい。送料小社負担でお取替致します。

印刷・萩原印刷　製本・加藤製本

Printed in Japan
ISBN978-4-16-791776-0